AF553256

राइट बंधु

राइट बंधु

(हवाई जहाज के आविष्कारक ऑरविल राइट व विलबर राइट)

सैमुअल विलार्ड क्रॉम्पटन

प्रकाशक : ग्रंथ अकादमी,
भवन संख्या–19, पहली मंजिल, 2, अंसारी रोड, दरियागंज, नई दिल्ली–110002

/ संस्करण : 2024 / मूल्य : चार सौ रुपए
मुद्रक : प्रिंट मीडिया, नई दिल्ली अनुवाद : वीणा शर्मा

WRIGHT BANDHU *by* Samuel Willard Crompton ₹ 400.00
(Hindi Translation of 'The Wright Brothers')
Published by **GRANTH AKADEMI**
Building No. 19, First Floor 2, Ansari Road, Daryaganj, New Delhi-110002
ISBN 978-93-86870-00-1

अनुक्रम

आकाश में उड़ते हुए एक पूरा चक्र

आज हम उन्हें 'राइट ब्रदर्स' के नाम से पुकारते हैं, लेकिन वे दोस्तों के लिए विल और ओर्व थे। वे दुनिया के अन्य भाइयों की ही तरह थे—कुछ बातों में एक समान तो कुछ बातों में एक-दूसरे से बिल्कुल जुदा। लेकिन इसके बावजूद सन् 1904 की गरमियों तक वे दोनों एक साथ काम करते थे और हवा में कुछ ऐसे कारनामे करके दिखाते थे, जो अद्भुत होते थे।

इससे पिछली तीन गरमियों तक उन्होंने अपने प्रयोगों को किटी हॉक, जो उत्तरी कोरोलिना के बाहरी किनारे पर स्थित है, पर करते थे। लेकिन सन् 1904 में उन्होंने अपने घर के पास हफमैन प्रैरी नामक स्थान, जो उनके घर ओहाइयो के डेटन से लगभग 8 मील की दूरी पर था, पर काम करने लगे।

किटी हॉक में बिताए गए अपने समय के दौरान विल और ओर्व ने बहुत से विकसित परिणाम प्राप्त किए; लेकिन उनकी कुछ उपलब्धियों ने उनको समाप्त कर दिया। कोई आसमान में गोल चक्र में चक्कर काट रहा था। ऐसा प्रतीत होता था कि पक्षी इस कमाल को बहुत ही आसानी से कर लेते हैं और राइट ब्रदर्स के लिए एक सीधी रेखा में आसमान में उड़ना अब परेशानी का सबब बन गया था। वास्तविकता तो यह थी कि एक ऐसा समय भी था, जब राइट ब्रदर्स को सीधी

रेखा में आसमान में उड़ने के इस कार्य ने सौभाग्यशाली बना दिया था। निस्संदेह ही आकाश में उड़ना कोई आसान कार्य नहीं था। शिकागो सोसाइटी में दिए गए अपने एक लंबे वक्तव्य में विल ने कहा था कि उड़ने के रहस्य को जानने व सीखने के दो मार्ग थे। एक यह था कि वे किनारे पर बैठ जाते और पक्षियों को उड़ते हुए देखते, जो उन्हें दिशा संबंधी निर्देशों के बारे में अच्छी जानकारी देता और दूसरा मार्ग यह था कि वे पतंग उड़ाते और वास्तविक रूप से किसी को आकाश में उड़ते हुए अनुभव करते। दूसरे शब्दों में कहा जाए तो यहाँ पर मूल मंत्र अभ्यास करना ही था।

दिसंबर 1903 में एक शक्तिशाली, स्थित व नियंत्रित हवाई जहाज का निर्माण करनेवाले पहले व्यक्ति बनने के पश्चात् राइट ब्रदर्स अपने उस जहाज में संशोधन करने के लिए तैयार हो गए। यहाँ पर उनके द्वितीय फ्लायर को दरशाया गया है, जिसका निर्माण उन्होंने सन् 1904 में किया और जिसका परीक्षण ओहाइयो के बाहरी इलाके डेटन स्थित हफमैन प्रैरी में किया।

राइट ब्रदर्स गरमियों के उस मौसम में अभ्यास करते रहे। उन्होंने यह अभ्यास हफमैन प्रैरी पर अभ्यास किया, जो किटी हॉक की रेतीली भूमि से काफी अलग था। यहाँ पर उनके लिए एक अच्छी बात यह थी कि जमीन पर हरी घास होने के कारण वे आसानी से गिरते या नीचे की ओर आ जाते थे। लेकिन एक खराब बात यह थी कि यहाँ पर हवा विपरीत दिशा में चलती थी। हफमैन प्रैरी समुद्र तल से करीब 800 फीट ऊपर था और वहाँ पर नमी बहुत अधिक थी। इस संयोजन का अर्थ यह था कि हवा उन्हें अधिक लिफ्ट नहीं प्रदान करती थी और राइट ब्रदर्स को इन परिस्थितियों की आदत डालनी ही पड़ी।

मई के माह में उन्होंने स्थानीय रिपोर्टरों के एक समूह को अपनी उड़ान को देखने के लिए आमंत्रित किया; लेकिन दुर्भाग्यवश रिपोर्टरों का वह समूह जिस दिन उनके कारनामे को देखने के लिए आया, वह दिन विल और ओर्व के लिए बुरा दिन साबित हुआ, क्योंकि वे सफलतापूर्वक जमीन पर उतरने में असफल हो गए। रिपोर्टरों के उस समूह ने राइट ब्रदर्स को निकम्मा मानते हुए अस्वीकार कर दिया और उससे बेहतर समाचारों को कवर करने के लिए चले गए। उस समय ऐसा लगा कि राइट ब्रदर्स का भाग्य खराब है; लेकिन यह उनके लिए कुछ बेहतर भी लेकर आया। अब वे लोग वहाँ पर अकेले रह गए थे। उनको निरंतर ताकते हुए उन पर दबाव बनानेवाली आँखें वहाँ पर नहीं थीं और अब राइट ब्रदर्स अपनी ही अपेक्षाओं से बेहतर काम करने में सक्षम थे। इस समय उनके लिए दुःख की बात केवल इतनी थी कि वहाँ पर ऐसा कोई भी व्यक्ति नहीं था, जो उनकी उपलब्धि का साक्ष्य बने या उसे रिकॉर्ड करे; हालाँकि उनके भाग्य ने करवट लेते हुए अमोस आई रूट को वहाँ भेज दिया।

साक्षी

सन् 1904 में रूट 64 वर्ष के थे और ओहाइयो के मेडिना में पैदा हुए और बढ़े। वे एक ऐसे व्यक्ति थे, जिन्होंने अपने जीवन में जो कुछ भी हासिल किया, वह सब स्वयं के बूते पर किया। रूट अपने बचपन में मधुमक्खियों को देखकर उनकी ओर आकर्षित हो जाया करते थे। तीस वर्ष की उम्र तक उन्होंने एक ऐसे यंत्र का आविष्कार कर लिया था, जिसकी सहायता से व्यक्ति मधुमक्खियों के जिंदा रहते हुए भी उनमें से शहद निकाल सकता था। यही आविष्कार उनकी कंपनी 'ए.आई. रूट' की स्थापना का आधार बना। यह कंपनी आज भी अस्तित्व बरकरार रखे हुए है। इसके साथ जब वे तीस वर्ष की उम्र में थे तो उन्होंने एक व्यापारिक पत्रिका की भी शुरुआत की थी, जिसका नाम 'ग्लेनिंग इन बी कल्चर' था। कई वर्षों तक वे उस पत्रिका में संपादक व प्रमुख लेखक के पद पर कार्य करते रहे; लेकिन राइट ब्रदर्स से मिलने के दस पूर्व उन्हें अपने इस पद से इस्तीफा देना पड़ा और अपने व्यवसाय की कमान अपने होनहार बेटों के हाथों में सौंपनी पड़ी। अपने काम से छुट्टी मिलने के बाद अचानक ही उनके पास पहले की अपेक्षा अधिक खाली समय मिलने लगा, जिसमें रूट साइकिल एवं ऑटोमोबाइल जैसी चीजों की ओर आकर्षित होने लगे। वे प्राय: यह दावे भी करते कि पूरे ओहाइयो में वे एक इकलौते ऐसे इनसान हैं, जिनके पास यूरोपीय शैली की साइकिल और पूरे राज्य की पहली ऑटोमोबाइल है। रूट बहुत ही धार्मिक व्यक्ति थे; लेकिन उनका यह भी मानना था कि धर्म और विज्ञान एक साथ मिलकर काम कर सकते हैं। राइट ब्रदर्स के बारे में जानने के पश्चात् रूट ने अपने ऑटोमोबाइल को छोड़कर 200 मील का रास्ता तय करके सितंबर 1904 में उनसे मुलाकात की।

पहला चक्र

राइट ब्रदर्स की योग्यता पर लोगों को हमेशा संदेह रहा; लेकिन उन्होंने रूट को स्वीकार किया। सफेद बालोंवाले उस व्यक्ति में उन्हें अपने पिता बिशप मिल्टन राइट, जो यदा-कदा उनकी उड़ान को देखने के लिए आते थे, का स्वरूप नजर आया, जिन्होंने हमेशा राइट ब्रदर्स को प्रोत्साहित किया। रूट की तरह ही बिशप राइट ने धार्मिक आस्था और वैज्ञानिक अनुसंधान के बीच संघर्ष को नहीं देखा। राइट ब्रदर्स बचपन से ही उन सामयिक पत्रिकाओं को पढ़ते और अपने आसपास देखते हुए ही बड़े हुए, जो रूट की रचनात्मकता का परिणाम थी। उन पत्रिकाओं ने ही विभिन्न विषयों पर राइट ब्रदर्स की आँखें खोलीं। वह 20 सितंबर का दिन था, जब रूट मानव द्वारा उड़ाए गए पहले हवाई जहाज के प्रथम साक्षी बने। (राइट ब्रदर्स ने जब किटी हॉक पर हवाई जहाज उड़ाया तो कुछ लोग उसके साक्षी अवश्य बने थे, किंतु उनमें अपने इस अनुभव को कागज पर उतारने की योग्यता नहीं थी।)

राइट ब्रदर्स उत्साही फोटोग्राफर भी थे; लेकिन उनके पास अपने 20 सितंबर के रिकॉर्ड को कैमरे में कैद कर सके; इसलिए इसे उनका सौभाग्य ही कहा जाएगा कि विलबर ने इस आयोजन को अपनी अभिलेख पुस्तिका में दर्ज किया। सुबह की पहली उड़ान के लिए उनकी पहली प्रविष्टि इस प्रकार थी—डब्ल्यू.डब्ल्यू. क्लॉडी और एन.डब्ल्यू. विंड (ई.एन.) प्रातःकाल 315 को 2520 के समान से गुणा किया गया। इस छोटी और सामान्य सी प्रविष्टि के माध्यम से हमने यह जाना कि 20 सितंबर को जो उड़ान भरी गई, वह विलबर राइट के द्वारा की गई और इसमें वे 2,520 फीट की ऊँचाई तक गए। दूसरी प्रविष्टि इस प्रकार थी—वर्षा. एन.ई. विंड (अंदर) सायंकाल चक्र पूरा किया। दूरी 510 गुणा 8 = 4,080 (फीट)। यहाँ पर मूल शब्द थे—चक्र पूरा हो चुका है। उत्तरी कोरोलिना के किटी हॉक में

राइट ब्रदर्स ने जब पहली बार उड़ान भरी थी, उस घटना को नौ महीने हो चुके हैं; लेकिन वे उस दिन तक 360 डिग्री का पूरा चक्कर करने में सफलता प्राप्त नहीं कर पाए हैं। जिस नोटबुक पर इस प्रविष्टि को दर्ज किया गया था, उसमें सबसे नीचे एक सामान्य सी प्रविष्टि में लिखा था कि रूट वहाँ पर मौजूद थे। दूसरे शब्दों में, राइट ब्रदर्स के पास अपनी उपलब्धि के लिए एक साक्षी मौजूद था।

विलबर और ऑरविल ने अमोस रूट से कहा कि वे जिस परिणाम के साक्षी बने हैं, उसको तब तक प्रकाशित न करें, जब तक वे इसके बारे में अपने प्रतिस्पर्धियों को सूचना न दें। राइट ब्रदर्स ने इस घटना के दो माह के पश्चात् रूट को इस घटना को प्रकाशित करने हेतु अपनी स्वीकृति दी और 'ग्लैन इन बी कल्चर' के पाठकों को इस घटना की जानकारी वर्ष 1905 का पहला संस्करण खोलते ही प्राप्त हुई।

लेख

रूट के उस लेख का आरंभ बहुत ही नाटकीय अंदाज में हुआ था, जो इस प्रकार था—प्रिय मित्रो, मेरे पास आपको बताने के लिए एक अद्‌भुत कहानी है; एक ऐसी कहानी, जो कुछ हद तक हमारे प्रतिस्पर्धियों की अरेबियन नाइट की काल्पनिक कहानियों के जैसे है। यह एक ऐसी कहानी भी है, जो हमें नैतिक मूल्यों के बारे में अवगत कराती है, जिसके बारे में मेरा मानना यह है कि आज के युवा और संभवतः कुछ वरिष्ठ लोगों (यदि वे इस पर ध्यान दें तो) को इसकी बहुत आवश्यकता है। इसके पश्चात् रूट ने राइट ब्रदर्स की प्रशंसा में वाक्य लिखे और विशेष तौर से उनका उदाहरण यह सुझाते हुए पेश किया कि वे साधारण लोगों में से ही एक हैं। रूट के लेख के कुछ अंश इस प्रकार हैं—

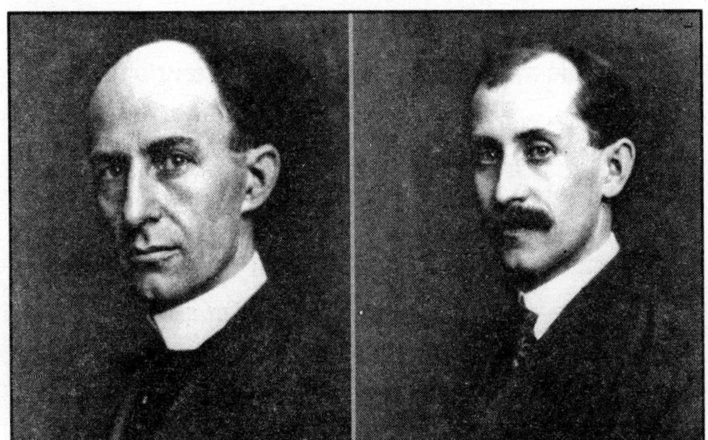

हालाँकि विलबर और ऑरविल की हवाई यात्राओं में रुचि उस समय पैदा हुई, जब सन् 1870 के दशक के अंत में उनके पिता ने उनको यांत्रिकी उड़ान भरनेवाला एक खिलौना लाकर दिया; लेकिन उनकी यह रुचि तब तक उभरकर सामने नहीं आई, जब तक उन्होंने सन् 1894 में मैक्क्लोर में जर्मन ग्लाइडर ओटो लिलियेनथल के बारे में छपा लेख नहीं पढ़ा। यहाँ पर सन् 1903 में दोनों भाइयों–विलबर (बाएँ) व ऑरविल का लिया गया चित्र दरशाया गया है। इस चित्र को उनकी सफल उड़ान से एक वर्ष से कम समय पूर्व ही लिया गया था।

संभवत: दोनों भाइयों ने संयोगवश या शायद एक जैसे विषयों में रुचि होने के कारण पक्षियों एवं अन्य उड़नेवाले प्राणियों की उड़ने की शक्ति के बारे में पढ़ना आरंभ कर दिया। अपने इस शौक का अनुसरण करते हुए ही उन्होंने व्यक्ति को आकाश में उड़ने में सक्षम बनाने की दिशा में संसार को दिए

गए अपने महत्त्वपूर्ण योगदानों को संभव किया। उन्होंने न केवल प्रकृति का अध्ययन किया, अपितु इस विषय की सबसे महत्त्वपूर्ण व उत्कृष्ट पुस्तकों को अपने बाद की पीढ़ियों के लिए उपलब्ध करवाया; और मेरा तो यह भी मानना है कि संभवत: संसार में आज हमारे पास इस संदर्भ में जितने भी कागज मौजूद हैं, वे सब इन्हीं की देन हैं। जब मैं पहली बार उनसे परिचित हुआ और अपनी इस विषय पर उपलब्ध समस्त सामग्री को पढ़ने की इच्छा व्यक्त की तो उन्होंने मुझे यह पुस्तकालय दिखाया, जिसने मुझे हैरान कर दिया; और मैंने शीघ्र ही यह पाया कि वे उन सब बातों को, जो हमें वर्तमान में मालूम हुई हैं और जो कुछ हम अतीत में खोज चुके हैं, बहुत पहले ही जान चुके थे।

यह बालक (जो अब आदमी बन चुके हैं) अपनी गरमियों की छुट्टियों को भीड़, जो प्राय: प्रश्नवाचक निगाहों से उनकी ओर टकटकी बाँधे देखती थी (जैसा कि प्राय: अधिकतर लोग करते हैं) के साथ व्यतीत करने के बजाय एक-दूसरे के साथ समुद्री किनारे (किटी हॉक, उत्तरी कोरोलिना) के दूर मरुस्थली स्थान पर चले जाते।

आप और मेरे जैसे लोगों ने अपने जीवन के आनंदपूर्वक बिताए गए पुराने दिनों में काफी समय बर्फ की सफेद चादरों पर ऊपर से नीचे की ओर फिसलते हुए व्यतीत किया है। यह हमारे लिए आनंददायक होने के साथ-साथ स्वास्थ्यवर्धक भी था; लेकिन अपने जीवन के उन्हीं आनंददायक लमहों को इन दो बालकों ने अटलांटिक तट के रेतीले बंजर व निर्जीव स्थान पर ऊपर की ओर उड़ान भरकर सफलतापूर्वक नीचे आने के अपने लक्ष्य को प्राप्त करने में बिताया। यहाँ उनको

आकर्षित करनेवाली बर्फ, जिस पर वे फिसल सकते थे और हवा में छलाँग लगा सकते थे, का दूर-दूर तक नामोनिशान भी नहीं था। यहाँ पर उनके साथ उनकी एक ग्लाइडिंग मशीन, जिसे छड़ियों की सहायता से बनाया गया था और कपड़ा होता, जिसकी सहायता से वे पहाड़ की चोटी से नीचे की ओर सरकना एवं चोटों से उबरना सीखते। अपने इस काम में उन्होंने सौ की नहीं अपितु हजारों की संख्या में प्रयोग किए। अपने इन्हीं प्रयोगों ने उन्हें अपनी ग्लाइडिंग मशीन के मार्गदर्शन में अभ्यस्त कर दिया और वे एक पक्षी की भाँति उड़ान भरने में सफल होने लगे। वे अपनी इस मशीन के ऊपर-नीचे व दाएँ-बाएँ मुड़ने की सभी दिशाओं पर अपना पूरा नियंत्रण पा गए।[4]

क्या रूट उस समय, जो राइट ब्रदर्स के द्वारा अपने प्रयोगों को दिया गया था, के बारे में बढ़ा-चढ़ाकर बता रहे थे? संभवत:; यद्यपि वे सन् 1904 में उनके प्रयोग की व्याख्या करने के लिए हफमैन प्रैरी गए थे—

पहले-पहल राइट ब्रदर्स की ग्लाइडिंग मशीन को हवा में ऊपर ले जाने और इंजन को ठीक प्रकार से रफ्तार देने में खासी कठिनाई का सामना करना पड़ा। अपनी इस कठिनाई को पार करने के लिए राइट ब्रदर्स ने लगभग 200 फीट लंबे एकल रेल ट्रैक के साथ दौड़ लगाई। प्रारंभिक तौर पर अपने द्वारा किए गए प्रयोगों में उन्होंने हवा की विपरीत दिशा में दौड़ लगाने को भी उचित पाया, क्योंकि इस प्रकार उन्हें हवा में अभ्यास करने का अच्छा समय प्राप्त हो सकता था और वे उस इमारत से अधिक दूर भी नहीं जा पाते थे, जहाँ पर इसे संगृहीत करके रखा गया था। चूँकि वे अपने प्रारंभिक बिंदु के पास आ सकते थे, हालाँकि इसके लिए वे हवा से

> भी तेज रफ्तार से उसको पीछे छोड़ते हुए अपने काम की शुरुआत कर सकते थे और अपने पीछे तेज हवा के होने के कारण उनके लिए एक मिनट में एक मील का सफर तय करना और भी आसान हो जाता था।[5]

एक मिनट में एक मील का सफर तय करना आज के जमाने में कोई आश्चर्यजनक बात नहीं लगती; लेकिन हमें यह नहीं भूलना चाहिए कि अमोस रूट अपने इस लेख को उस समय लिख रहे थे, जिस समय तेज रफ्तार से दूरी तय करना मानव के लिए केवल साइकिल, रेल मार्ग या कार के माध्यम से ही संभव था। उस दौर में रूट ने उड़ान के वास्तविक पल को परिभाषित किया।

> संचालक इसके अग्रभाग के ठीक सामने लेटकर अपना स्थान ग्रहण करता। उसकी यह अवस्था हवा को बहुत ही कम प्रतिरोध प्रदान करती थी। इस प्रकार इंजन शुरू हो जाता और गति भी प्राप्त कर लेता। मशीन को तब तक पकड़े रखना होता, जब तक छलाँग लगाने के लिए एक जाल के द्वारा सबकुछ तैयार नहीं हो जाता। इसके पश्चात् चार सिलेंडरनुमा इंजन की अद्‌भुत फड़फड़ाहट व तड़कन के साथ वह बड़ी सी मशीन एक झटके के साथ हवा में खुल जाती। पहली बार जब वह चक्कर लेने के लिए मुड़ी और शुरुआती बिंदु के पास आई तो मैं ठीक उसके सामने खड़ा था और तब मैंने कहा—और मैं उस पर आज भी पूरी तरह से विश्वास करता हूँ कि यदि वह मेरे जीवन का सर्वश्रेष्ठ अवलोकन नहीं था तो इतना अवश्य था कि मैं उस क्षण अपने जीवन के सर्वश्रेष्ठ घटनास्थल पर खड़ा था। एक ऐसे गतिशील इंजन की कल्पना करें, जो अपने मार्ग को छोड़ चुका है और यह आपके सामने हवा में ऊपर उठ रहा है—एक ऐसा गतिशील इंजन, जिसमें

> पहिए नहीं हैं—हम कहेंगे, लेकिन हम इसके साथ यह भी कहेंगे कि इस इंजन के पास सफेद रंग के पंख हैं—एक ऐसा इंजन, जिसे एल्युमीनियम से बनाया गया है। खैर, अब आप इस सफेद रंग के इंजन की कल्पना करें, जिसमें दोनों ओर 20 फीट तक फैलनेवाले पंख भी लगे हुए हैं और यह तेजी से आपकी ओर अपने नोदकों की जबरदस्त फड़फड़ाहट के साथ बढ़ रहा है। इस परिस्थिति में आपको कुछ ऐसा ही महसूस होगा जैसा मैंने उस समय देखा था।[6]

17 दिसंबर, 1903 के दिन ऐसे बहुत से लोग थे, जो किटी हॉक में भरी गई उड़ान के साक्षी बने। सन् 1904 की गरमियों में कुछ लोगों ने विभिन्न समय अंतराल में हफमैन प्रैरी की यात्रा भी की थी और वे विभिन्न उड़ानों के साक्षी भी बने थे। लेकिन रूट का आगमन ठीक उस समय हुआ था, जब राइट ब्रदर्स अपने सबसे कठिन माने जानेवाले कौशल को क्रियान्वित करने वाले थे, हवा में पूरा किया गया एक चक्कर और उन्हें इस अद्भुत घटना को देखने का सौभाग्य प्राप्त हुआ था। हमें उन तसवीरों, जिनमें राइट ब्रदर्स को चित्रित किया गया, विलबर राइट की लॉगबुक और रूट की पत्रिकाओं में छपे लेखों का कृतज्ञ होना चाहिए, जिनकी वजह से हम 20 सितंबर, 1904 को घटी उस नाटकीय घटना की रचना फिर से कर सकते हैं और कुछ हद तक उसे फिर से अनुभव कर सकते हैं।

□

मध्य पश्चिमी क्षेत्र के वे लड़के

राइट ब्रदर्स अन्य लोगों की भाँति ही अपने वातावरण में पूरी तरह से रँगे हुए बालक थे। उनका पालन-पोषण विशेष प्रकार से हुआ था, जो उन्हें संसार के अन्य क्षेत्र के लोगों से भिन्नता प्रदान करता था। उन्हें एक ऐसा आकार दिया गया था, जिसकी प्रारंभिक नींव उनके पिता के द्वारा रखी गई थी।

राइट ब्रदर्स के अभिभावक

सन् 1828 में जनमे मिल्टन राइट ने अपना प्रारंभिक जीवन इंडियाना और ओहाइयो के क्षेत्र में उस समय व्यतीत किया, जब इस क्षेत्र की पहचान उन दो समूहों के बीच होनेवाले युद्धों की भूमि के तौर पर बनती जा रही थी, जिनमें से एक दास प्रथा के समापन के समर्थन में था तो दूसरा उसको बढ़ावा देना चाहता था। आधिकारिक तौर पर तो इंडियाना और ओहाइयो क्षेत्र में कोई भी दास नहीं था, लेकिन वहाँ पर कुछ ऐसे भी लोग थे, जो दास रखनेवालों के प्रति सहानुभूति रखते थे और इस क्षेत्र ने अपने हिस्से के संघर्ष को भी झेला था।

युवा मिल्टन भावुकता से परिपूर्ण उन्मूलनवादी बन चुके थे। जिस समय तक वे परिवार बढ़ाने तथा उसका पालन-पोषण करने के अपने दायित्व को पूरी तरह से निभाने में रम गए, तब तक दास प्रथा का हल

गृहयुद्ध के द्वारा पूरी तरह से निकल चुका था। लेकिन अब भी मिल्टन राइट अपने साथ मतभेद के उस दौर की यादों को जीवित रखे हुए थे और जब वे एक प्रमुख पादरी के पद पर आसीन हो गए तो उन्होंने अपने काम में भी हम बनाम वे का दृष्टिकोण अपनाए रखा। उनके अनुसार, शत्रुओं के साथ किसी प्रकार का समझौता नहीं होना चाहिए, फिर चाहे वे गुलामी समर्थक आंदोलनकारियों की बात हो या उनके चर्च से संबंधित मामले से जुड़ा शत्रु, जैसे—फ्रीमसेन रहस्य संप्रदाय हो।

उस समय मध्य पश्चिम क्षेत्र में फ्रीमसेन-विरोधी समूह काफी शक्तिशाली था। उस क्षेत्र में इस नाम की एक राजनीतिक पार्टी भी सक्रिय थी। मिल्टन राइट जैसे-जैसे क्रिस्ट के यूनाइटेड ब्रेद्रन के चर्च में अपनी पहचान बनाने लगे, वे रहस्य समुदायों के मुखर प्रतिद्वंद्वी बन गए। उन्होंने अपने सभी ग्रामवासियों को कहा कि वे उनमें से किसी के भी सदस्य कभी न बनें और जब वे चर्च के पादरी बन गए तो उन्होंने उस लड़ाई को आगे बढ़ाने में अत्यंत ही महत्त्वपूर्ण भूमिका निभाई।

यह लड़ाई न तो किसी के लिए आनंददायक थी और न ही इसे सफल माना गया। पादरी राइट एक ऐसे व्यक्ति थे। जो किसी भी स्थिति में समझौता नहीं कर सकते थे; लेकिन वे एक प्रतिभावान् व्यक्ति थे। वे अपने धर्म के प्रति कट्टरपंथी थे, उनके इस स्वभाव ने उनके विरुद्ध काम किया। ऐसा कई बार हुआ कि खरा-खरा कहने की उनकी आदत के कारण उन्हें समस्या का सामना करना पड़ा और ऐसे भी अवसर आए, जब अन्य चर्च के प्रमुख व्यक्तियों द्वारा उन पर इस्तीफा देने हेतु दबाव बनाया गया। इस प्रकार की विपरीत परिस्थितियों में वे हमेशा लड़े और जैसे-जैसे समय बीतता गया, उन्होंने अपने बेटों पर विश्वास करना भी शुरू कर दिया। उन्हें विल पर विशेष तौर पर भरोसा था कि वे उनके मकसद को आगे बढ़ाएँगे। उनके बेटों ने भी उनको कभी निराश नहीं किया।

सन् 1859 में (इस समय तक मिल्टन पादरी नहीं बने थे) उन्होंने

सेसैन कैथारिन कोरनेर से विवाह किया, जो हार्ट्सविले कॉलेज में उनसे शिक्षा प्राप्त करनेवाले शिक्षार्थियों में से एक थीं। वे जर्मन गाड़ियों के पहियों के एक निर्माता की पुत्री थीं। वे सन् 1818 में संयुक्त राज्य में आकर बसे थे। ऐसा प्रतीत होता था कि अपने पति के वे बनाम हम के नजरिए से संसार को देखने में पूर्ण रूप से भागीदार थीं, लेकिन इसके साथ ही वे अपने घर की जिम्मेदारियों के प्रति पूरी तरह से समर्पित भी थीं। सेसैन राइट हर प्रकार से प्रतिभावान् थी; लेकिन उनके व्यक्तित्व की सबसे बड़ी विशेषता यह थी कि वे यांत्रिकीय प्रवृत्ति की थीं। आगे चलकर उनके पुत्रों ने उनकी इस प्रवृत्ति को आत्मसात् कर अपने यांत्रिकी यंत्रों में प्रयोग किया।

राइट दंपती की संतानें

मिल्टन और सेसैन राइट के पाँच बच्चे थे। उनमें सबसे बड़े रूक्लिन राइट का जन्म सन् 1861 में हुआ और इसके एक वर्ष के पश्चात् लॉरिन का जन्म हुआ। विलबर और रूक्लिन के बीच में छह वर्षों का अंतर था, जिनका जन्म सन् 1867 में हुआ। इसके पश्चात् विलबर और ऑरविल के बीच में भी चार वर्षों का अंतर था, जिनका जन्म सन् 1871 में हुआ। राइट दंपती की सबसे छोटी संतान बेटी थी, जिसका नाम कैथारिन था और जिसका जन्म सन् 1874 में हुआ था। कुल मिलाकर पाँच भाई-बहनों का जन्म 13 वर्षों के अंतराल में हुआ था। यह कोई बड़ा अंतर नहीं था, लेकिन एक परिवार को दो समूहों और एक बाहरवाले के वर्ग में बाँटने के लिए पर्याप्त था।

वैसे तो राइट परिवार के प्रत्येक सदस्य में आत्मविश्वास के गुण की कोई कमी नहीं थी, लेकिन उनमें से विलबर सबसे अधिक आत्मविश्वासी थे। पादरी राइट और उनकी पत्नी समेत उनके पाँचों बच्चों में वाक् कौशल की कला अर्थात् अपनी बात को प्रभावशाली ढंग

से कहने और लोगों में उसके प्रति विश्वास बढ़ाने की कला, जिसे आज के युग में हरफनमौला के नाम से जानते हैं, कूट-कूटकर भरी हुई थी। परिवार का प्रत्येक सदस्य समाज में अपना विशेष या अलग योगदान देने के लक्ष्य के प्रति पूर्ण रूप से समर्पित था। सभी अपने अलग-अलग ढंग से प्रयासरत थे, लेकिन विलबर संभवतः अपनी परिस्थितियों को अपनी सफलता का श्रेय देते थे।

निस्संदेह उन्हें इस बात से कभी कोई शिकायत नहीं रही कि वे राइट दंपती की बीच की संतान हैं। किसी भी चीज की शिकायत करना राइट परिवार का तरीका नहीं था, लेकिन बचपन से ही विलबर को अपने दो बड़े भाइयों, जो उनसे क्रमशः पाँच व छह वर्ष बड़े थे और एक छोटे भाई तथा बहन, जो उनसे चार और सात वर्ष छोटे थे, के बीच सैंडविच की तरह दबना पड़ता। उनके पास इस अंतर को कम करने का कोई चारा नहीं था। विलबर परिवार के बीच के सदस्य होने के कारण अकसर अकेले पड़ जाते थे।

उनके बड़े भाई-बहन, रूक्लिन और लॉरिन, दोनों शीघ्र ही वयस्क बन गए। 20 वर्ष की उम्र पार करने तक वे अपनी कॉलेज की शिक्षा पूरी कर विवाह के बंधन में बँध चुके थे, रूक्लिन कनसास में बस चुके थे और लॉरिन डेटन, जो परिवार के फार्महाउस ओहाइयो से कुछ ही दूरी पर था, में बस चुकी थीं। जल्द ही लॉरिन के तीन बच्चे हुए, जो राइट परिवार के घर नियमित रूप से आने-जाने लगे। विलबर अपने कर्तव्यों के प्रति पूर्ण रूप से समर्पित मामा थे, जबकि ऑरविल अपने कार्य के प्रति बेहतर तौर से समर्पित थे, जिसमें वे तनिक भी कोताही नहीं बरतते थे।

एक अनचाहा बदलाव

एक दुर्घटना ने राइट ब्रदर्स के जीवन में एक ऐसा बदलाव ला दिया, जिसने दोनों भाइयों को इस महान् आविष्कार की ओर अग्रसर

कर दिया। अठारह वर्ष की उम्र तक विलबर बहुत ही होनहार विद्यार्थी थे। उनके माता-पिता उनसे यह अपेक्षा कर रहे थे कि वे येल जाकर आगे की शिक्षा ग्रहण कर तत्पश्चात् आध्यात्मिक शिक्षा हेतु विद्यालय जाएँगे और संभवत: अपने पिता के पदचिह्नों पर आगे बढ़ेंगे। ऐसे कोई प्रमाण नहीं मिलते कि विलबर ने कभी पादरी बनने की इच्छा का विरोध किया; अपितु राइट दंपती की पाँचों संतानों में से विलबर अपने पिता के शारीरिक डील-डौल व व्यक्तित्व में सबसे करीब थे। लेकिन इसके एक वर्ष के भीतर ही उनके साथ घटी एक दुर्घटना ने इन सभी आशाओं और योजनाओं को हमेशा के लिए धराशायी कर उनके जीवन की दिशा को बदल दिया।

सन् 1871 मंराईट परिवार डेटन, ओहियों आकर 7 हाथार्थ्न स्ट्रीट के इस घर में रहने लगे। पिता के युनाइटेड ब्रेथेन, क्राइस्ट के चर्च में बाइशॉप होने के कारण लगातार घर बदलते रहने के बावजूद 1914 तक राईट परिवार इस घर का स्वामी रहा।

एक बार जब वे स्केटिंग कर रहे थे तो किसी व्यक्ति की आइस स्केटिंग हॉकी से विलबर के मुँह और ठोढ़ी पर चोट लग गई। इस चोट के कारण उनके कई दाँत टूट गए और वे अपने चेहरे की इस हानि को लेकर सदा के लिए संकोची बन गए। इस घटना के बाद की उनकी जितनी भी तसवीरें हमें देखने को मिलती हैं, उन सब में उनका चेहरा मुँह बंद किए हुए ही दिखता है। इससे भी बुरा उनके साथ इसके कुछ दिन के पश्चात् हुआ। विलबर को दिल की बीमारी हो गई, जिसके परिणामस्वरूप उनको गहरा धक्का लगा। उनकी कॉलेज की पढ़ाई पूरी तरह से बरबाद हो गई—कम-से-कम अस्थायी तौर पर तो ऐसा ही हुआ।

विलबर की आयु जब 20 वर्ष के आसपास थी तो वे अपने घर से बाहर नहीं जाते थे। हम ऐसा कह सकते हैं कि वे अपने घर को छोड़कर बाहर कभी नहीं गए। वे जीवन भर अपने माता-पिता के लिए एक कर्तव्यनिष्ठ पुत्र और अपने छोटे भाई-बहनों के लिए दयाभाव से परिपूर्ण दूसरे अभिभावक की भूमिका निभाते रहे। स्केटिंग हॉकी से चोट खाकर घायल होने के कारण विलबर घर पर ही रहने लगे और अपनी बीमार माँ, जो तपेदिक की बीमारी से ग्रस्त थीं, की देखभाल करने लगे। विलबर तीन वर्षों तक अपनी बीमार माँ की देखभाल करते रहे। वे सुबह अपनी माँ को सीढ़ियों से नीचे अपनी गोद में उठाकर लाते, उन्हें खाना खिलाते और उनके बाल धोते तथा शाम के समय गोद में उठाकर उनको ऊपर ले जाते।

ऐसा क्यों था कि बीमार माँ और घर सभी जिम्मेदारियाँ उनके पिता के बजाय उन पर ही थीं? हालाँकि यह सत्य कई मायनों में था कि मिल्टन राइट एक आदर्श व्यक्ति थे, लेकिन जब बात घर से जुड़ी किसी समस्या की आती थी तो ऐसा प्रतीत होता जैसे पादरी राइट वहाँ अनुपस्थित रहते। वे अपनी बीमार पत्नी की जिम्मेदारी उठाने के बजाय अपने पादरी के कर्तव्यों को पूरा करके अधिक प्रसन्नता महसूस करते थे।

प्राप्त स्रोतों से यह भी प्रतीत होता है कि पिता और पुत्र के बीच किसी प्रकार के कटु वचनों का आदान-प्रदान नहीं हुआ था। अगर इस उलझन को सुलझाते हुए परिस्थितियों के मर्म को समझा जाए तो यह कहा जा सकता है कि पादरी राइट अपनी 'बाहरी' दुनिया की जिम्मेदारियों को निभाने में पूरी तरह से तल्लीन थे और उन्होंने अपने घर की परेशानियों का हल तलाशने की जिम्मेदारी अपने तीसरे पुत्र के कंधों पर डाल दी थी।

सन् 1889 में सेसैन राइट के देहांत तक विलबर एक ऐसे व्यक्ति में परिवर्तित हो चुके थे, जो सबसे अलग-थलग अपने घर की जिम्मेदारियों में डूबे रहते थे; लेकिन इसके साथ ही वे अपनी बौद्धिक प्रतिभा की अनदेखी भी कर रहे थे। इस समय तक वे और उनके छोटे भाई ऑरविल एक-दूसरे के काफी निकट आ गए थे। कुछ वर्षों में ही उन्होंने इतनी घनिष्ठ साझेदारी का निर्माण कर लिया था कि लोग उन्हें 'राइट ब्रदर्स' के नाम से जानने लगे थे।

उन्होंने प्रिंटिंग प्रेस के साथ शुरुआत की। सन् 1880 के दशक के अंत में ऑरविल ने एक प्रिंटिंग प्रेस का निर्माण किया। यह संयोग ही था कि उन दिनों शिकागो का एक प्रिंटिंग प्रेस विशेषज्ञ उनकी प्रेस को देखने आया। प्रेस का निरीक्षण करने के पश्चात् उसने कहा कि यह प्रेस निस्संदेह ही काम करेगी; लेकिन प्रेस किस प्रकार काम करेगी, इस बात के प्रति वे पूरी तरह से आश्वस्त नहीं थे। ऑरविल और विलबर दोनों ने साथ मिलकर काम किया। उन्होंने कुछ किस्सों-कहानियों को विकसित किया, जिन्हें उन्होंने 'वेस्ट साइड न्यूज' का नाम दिया था। इसके पश्चात् उन्होंने ईवनिंग आइटम को भी तैयार किया। वे डेटन की अफ्रीकी-अमेरिकी समुदाय के लिए एक साप्ताहिक समाचार-पत्र, जिसका नाम 'डेटन टेटलर' था, को भी प्रकाशित करते थे। अपने इस प्रयास के माध्यम से उन्होंने पॉल लॉरेंस से भी दुनिया को परिचित करवाया, जो आगे चलकर 20वीं शताब्दी के पहले प्रख्यात अश्वेत कवि बने। आगे चलकर डनबर ने ऑरविल को

श्रद्धांजलि देते हुए लिखा कि—

ऑरविल राइट की सोच हमारी सोच के परे थी,
मुद्रण के व्यवसाय में,
अन्य किसी व्यक्ति की प्रतिभा उनके आगे मात्र
आधी है।[7]

वैसे तो राइट ब्रदर्स अपने प्रिंटिंग के व्यवसाय में आनंदपूर्वक जीवन-यापन कर रहे थे, लेकिन सन् 1890 के दशक के शुरुआती दौर में वे एक अन्य चीज में भी हाथ आजमाने के लिए तैयार थे—वह थी दोपहिया साइकिल।

दोपहिया साइकिल

पहली दोपहिया साइकिल का संसार से परिचय सन् 1870 के आसपास पहली बार संयुक्त राष्ट्र में हुआ; लेकिन इसका सबसे पहला मॉडल लोगों के बीच अधिक प्रसिद्धि प्राप्त नहीं कर पाया था। इस मॉडल में आगे की ओर बहुत बड़े-बड़े पहिए थे और पीछे की ओर भी छोटे-छोटे पहिए थे, जो इसमें काफी असंतुलन उत्पन्न करते थे। पुरानी शैली की वह दोपहिया साइकिल देखने में तो काफी आकर्षक थी, लेकिन उसकी सवारी करते हुए अपनी गति को तीव्र नहीं किया जा सकता था। उन साइकिलों को देखकर ऐसा कहा जा सकता था कि यह खेल के बजाय प्रदर्शन की वस्तु अधिक जान पड़ती थी। इसके बाद सन् 1880 और 1890 के काल में 'सेफ्टी' साइकिलें चलन में आईं।

सेफ्टी भाग का अर्थ यह था कि इसमें दो समान आकार के पहियों का इस्तेमाल किया गया था, जो साइकिल सवार के लिए संतुलन बनाए रखने में सहायक होते थे। पहली सेफ्टी साइकिल उस समय संसार के सामने आई, जिस समय सेसैन राइट का देहांत हुआ और उनके दोनों छोटे बेटे किसी नई चलन में रुचि लेने लगे थे। विलबर ने 80 डॉलर में एक

साइकिल खरीदी और इसके बाद ऑरविल ने भी 160 डॉलर में एक और साइकिल खरीदी। उन दिनों जब एक सामान्य मजदूर की साल भर की कमाई 500 डॉलर के आसपास की होती थी, यह बहुत बड़ी धनराशि थी। दोनों भाई साइकिल की सवारी करते; लेकिन ऑरविल उसकी सवारी करने में अधिक रुचि लेते। वे साइकिल दौड़ की प्रतियोगिताओं में हिस्सा लेते और उनमें जीतते भी, जिसने उनमें आत्मविश्वास भर दिया।

इस समय तक ऑरविल घर में अपने अन्य भाई-बहनों के लिए ही सबसे छोटे होने के कारण लाडले थे; लेकिन सामाजिक तौर पर उनकी प्रतिष्ठा अपने अन्य भाई-बहनों से अधिक थी। वे और उनकी छोटी बहन में शुरू से ही खासा लगाव था, और हालाँकि ऑरविल उतने कुशाग्र बुद्धि के नहीं थे जितने कि विलबर—फिर भी उनकी रुचि व्यापक स्तर पर भिन्न-भिन्न विषयों में थी। वे गिटार बजाते, थोड़ा-बहुत गाना भी गाते और 18 वर्ष की उम्र तक आते-आते वे प्रिंटिंग प्रेस के व्यवसाय में भी हाथ आजमा चुके थे। अब वे अपने बड़े भाई का ऐसे प्रयास में साथ देने के लिए तैयार थे, जो वास्तविक तौर पर समाज में किसी प्रकार के बड़े बदलाव का कारक बनता। और इस प्रकार उन दोनों ने साझेदारी में काम करना आरंभ किया और 'राइट साइकिल कंपनी' की स्थापना की।

सन् 1890 के समय में दोपहिया साइकिलों का वास्तव में किराए पर लेकर उनकी सवारी करने का काफी चलन था। बड़ी संख्या में अमेरिकी साइकिलों को उनसे किराए पर लेते और सड़क पर दौड़ाते। ऑटोमोबाइल की दुनिया तब भी अपने प्रारंभिक स्तर पर ही थी और दोपहिया साइकिलें स्वतंत्रता व आजादी का एकमात्र अर्थ बन गई थीं। हर उम्र और वर्ग के अमेरिकी लोग इस नए खिलौने के साथ खेलने के इच्छुक होते। राइट ब्रदर्स ने अन्य लोगों की बिगड़ी हुई साइकिलों को बनाने का काम भी आरंभ कर दिया; लेकिन उनके विकास का चरण यहीं नहीं रुका। जल्द ही उन्होंने स्वयं दो या तीन नई प्रकार की साइकिलों को भी डिजाइन

करना आरंभ कर दिया, जिसमें एक नाम उन्होंने अपने पिता की ओर से उनके पूर्वजों के द्वारा लड़े गए क्रांतिकारी युद्ध के नाम पर रखा।

उड़ान की गति

इस बारे में किसी के पास कोई पुख्ता जानकरी नहीं है कि राइट ब्रदर्स आकाश में उड़ान भरने की ओर कब आकर्षित हुए। यह सत्य है कि जब वे बहुत छोटे थे, उनके पिता उनके लिए एक ऐसा खिलौना लाए थे, जो उड़ान भरता था (वे उसे 'बैट' के नाम से पुकारते थे)। लेकिन उनके पत्रों व कार्यों में इस बात का कोई संकेत नहीं मिलता कि सन् 1890 के मध्य से पूर्व—यह वह समय था, जब वे जर्मन ग्लाइडर ओटो लियोनथाल से परिचित हुए—उनके लिए उड़ान भरने का काम करना महत्त्वपूर्ण कार्य था।

सन् 1894 की गरमियों में 'मैक्लूरे' पत्रिका के द्वारा जब द फ्लाइंग मैन विषय पर फोटो और पठन सामग्री की शृंखला को प्रकाशित किया गया, तब इस पत्रिका के प्रकाशन को कुछ ही वर्ष व्यतीत हुए थे। उस समय लियोनथाल 46 वर्ष के थे और उन्हें अत्यंत उत्साही प्रयोगकर्ता के तौर पर जाना जाता था, जिन्होंने एक ऐसे नए ग्लाडर को डिजाइन किया था, जिसने पक्षियों की क्रियाओं को सीमित कर दिया था। लियोनथाल का यह ग्लाडर काफी हद तक एक ऐसे पक्षी की भाँति दिखाई देता था, जिसने अपने पंखों को फैला रखा था। वे उसके बीच में खड़े होते या बैठते और क्राफ्ट को नियंत्रित करने के लिए अपने पैरों अथवा हाथों को घुमाते। अपने उस ग्लाडर में वे जमीन के स्तर से टेक ऑफ नहीं कर पाते थे। इसके लिए उन्हें या तो दौड़ना पड़ता या एक पहाड़ी पर चढ़कर वहाँ से नीचे की ओर धक्का देना पड़ता था। लेकिन यह मशीन बिल्कुल साधारण थी; पर इससे जो परिणाम प्राप्त हुए, जैसा कि तसवीरों में दिखाया गया है, वे अद्भुत थे। तब तक लोग केवल हवा के गुब्बारे के द्वारा ही हवा यात्रा किया करते थे, जो काफी वजनदार व बहुत बड़े आकार का होता था, जो

उड़ान भरनेवालों को उड़ान के रोमांच का सही अनुभव लेने में बाधक बन जाता था। लियोनथाल ने इस कठिनाई की व्याख्या इस प्रकार से की—

> अब भी ऐसे कई प्रमुख आविष्कारक, जिन्होंने अब तक यह नहीं देखा है कि धनुषाकार या गुंबददार पंखों में उड़ान भरने की कला का रहस्य छिपा हुआ है। हम जैसे-जैसे इस विचार के मार्ग पर आगे बढ़े, मैं और मेरा भाई, जो उस समय छोटा था और बिना किसी मतलब अकसर अपना नाश्ता भूल जाते, एक-एक पैसा बचाते, जिससे कि अपने आविष्कार पर खर्च कर सकें और प्राय: 'जीवन के लिए संघर्ष' हमें इस बचत को अनिश्चित काल के लिए बाधित करने हेतु मजबूर कर देता।[8]

अपने जीवनकाल में जर्मन वायुयान चालक ओटो लियोनथाल ने अपने मोनो व बीप्लेन में 2,000 से अधिक उड़ानें भरीं। लियोनथाल यहाँ तसवीर में दिखाई दे रहे हैं। यह तसवीर सन् 1890 के दशक के मध्य में एक उड़ान के दौरान ली गई थी। इस तसवीर ने राइट ब्रदर्स को विमानन के क्षेत्र में अपना कॅरियर बनाने के लिए प्रेरित किया।

> लियोनथाल के जीवनकाल पर जो भी जानकारी प्राप्त हुई है, उनमें उनके भाई का कहीं भी जिक्र नहीं है। लेकिन यह आविष्कारक स्वयं अपने ग्लाइडर के डिजाइन के मार्ग पर आगे बढ़े और कुल 500 घंटों की उड़ानें भरीं। 'मैक्लूरे' पत्रिका में अपने रोमांचकारी अनुभव का विवरण देते हुए उन्होंने लिखा कि कोई भी हवा की पर्याप्तता को तब तक महसूस नहीं कर सकता, जब तक वह उसे नीचे लानेवाली समर्थन शक्ति को महसूस नहीं करता। सीधे, समतल व चपटे पंखों के साथ नीचे गिरते समय मार्गदर्शन करना लगभग असंभव हो जाता है। धनुषाकार या गुंबददार पंखों के साथ क्षितिज से 6 डिग्री के कोण तक अधिक तीव्रता के साथ गतिमान हवा के दौरान उड़ने की गति को बनाए रखना संभव होता है।[9]

इसी बीच सन् 1896 में ऑरविल बीमार पड़ गए। दोनों भाइयों को जब यह सूचना मिली कि लियोनथाल की अपने ग्लाइडर से गिरकर मौत हो गई है तो इस खबर का ऑरविल पर बहुत बुरा असर हुआ और वे टायफाइड (मियादी बुखार) से ग्रस्त हो गए। बीमारी की इस हालत में उनके भाई विलबर ने उनकी पूरी देखभाल की। वे स्वस्थ हो गए और उन परिस्थितियों में उनका यह कहना पर्याप्त था कि 'बलिदान किया जाना चाहिए'। आगे चलकर उनके ये वाक्य हर प्रकार के प्रयोगों के लिए आदर्श वाक्य बन गए। इस समय तक राइट ब्रदर्स ने स्वयं अपने बलबूते पर एक भी प्रयोग नहीं किया था, लेकिन उनके मन-मस्तिष्क में यह विचार कुलबुलाने लगा था। उनके प्रयोगों की शुरुआत करने से पूर्व इसी प्रकार दो वर्षों का समय और बीत गया।

सन् 1899 की वसंत ऋतु में विलबर राइट ने वाशिंगटन, डी.सी.

मोंटगोल्फायर : वायुयान चालक भाई

यह देखना बहुत ही दिलचस्प है कि ओटो लियोनथाल और उनके भाई एक-दूसरे के साथ मिलकर ठीक उसी प्रकार काम करते थे, जिस प्रकार राइट ब्रदर्स किया करते थे। लेकिन भाइयों के केवल यही जोड़े साथ मिलकर काम नहीं करते थे, इनके अतिरिक्त भाइयों का ऐसा जोड़ा भी था, जिसने गुब्बारों से भरी जानेवाली उड़ान के क्षेत्र में इतिहास रचा।

क्रांतिकारी युद्ध के समय तक बहुत से फ्रांसीसी आविष्कारक पेरिस में अमेरिकी आविष्कारकों व राजनयिक बेंजामिन फ्रेंक्लिन की उपस्थिति से प्रेरित हो चुके थे। यह वह समय था, जब कुछ संभव प्रतीत होता था और फ्रांस के लोग इस समाचार को पाकर अत्यंत ही रोमांचित हो चुके थे कि दो फ्रांसीसियों ने एक ऐसे गुब्बारे का आविष्कार किया है, जो उनके शहर के ऊपर से ऊँची उड़ान भरता हुआ घूमता है।

मोंटगोल्फायर ब्रदर्स फ्रांस के मध्य भाग में पैदा और बड़े हुए। वे एक बहुत बड़े परिवार का हिस्सा थे, जिसने कागज निर्माण के क्षेत्र में अपने भाग्य का निर्माण किया था। मोंटगोल्फायर ब्रदर्स के बड़े भाई जोसेफ को बेहिसाब पैसा खर्च करनेवाला माना जाता था, जबकि उनके छोटे भाई एटीन को परिवार के व्यवसाय को अपने कंधों पर लेकर आगे बढ़ानेवाला माना जाता था। आश्चर्य की बात है कि यह एक-दूसरे से बिल्कुल अलग भाइयों ने साथ गरम हवा के गुब्बारे का आविष्कार कर इस क्षेत्र में प्रारंभिक विकास की नींव रखी। जून 1783 में उनके गुब्बारे की शुरुआत हुई।

किंग लुइस ने XVI एवं क्वीन मैरी एनटोएनेट ने साजिश रची और मोंटगोल्फायर ब्रदर्स को जल्द-से-जल्द पेरिस आने हेतु तलब किया गया, जहाँ पर सन् 1783 के सितंबर माह में उन्होंने अपने गुब्बारे को शहर के ऊपर घुमाया। मोंटगोल्फायर ब्रदर्स ने अपने पिता से यह वादा किया था कि वे गुब्बारे में नहीं बैठेंगे, इसलिए उन्होंने आकाश में उड़नेवाले इस गुब्बारे में एक सुअर, पक्षी और एक भेड़ को भेजा। उन तीनों जानवरों ने पूरी आकाश यात्रा का लुत्फ लिया। उस घटना के साक्षी किंग और क्वीन के साथ बेंजामिन फ्रेंक्लिन भी बने, जिन्होंने उस घटना को अपने होटल की खिड़की से देखा।

मोंटगोल्फायर ब्रदर्स ने अपने पिता से किए वायदे को ताउम्र निभाया और कभी भी उन्होंने स्वयं गुब्बारे में चढ़कर उड़ान नहीं भरी। पहली बार किसी मानव के गुब्बारे की यात्रा करने की घटना उसी वर्ष अक्तूबर माह में घटी और इसके कुछ वर्षों के पश्चात् एक और फ्रांसीसी इंग्लिश चैनल गुब्बारे की यात्रा द्वारा पार करनेवाला पहला व्यक्ति बना। 1780 और 1790 के दशक में गुब्बारे के द्वारा आकाश में उड़ना एक रोमांचकारी अनुभव बन गया, जिसका आनदं बड़ी संख्या में लोगों द्वारा लिया गया; लेकिन 1800 के दशक के प्रारंभिक दौर में यह अधिक प्रचलित नहीं रहा। आगे इसका महत्त्व अमेरिकी गृहयुद्ध के समय तब बढ़ा, जब संयुक्त सेना के द्वारा सूचनाओं को एकत्र करने के उद्देश्य से इसका प्रयोग किया गया।

स्थित स्मिथसोनियन संस्थान के निदेशक को उड़ान के बारे में अपनी रुचि के विषय में बताते हुए पत्र लिखा—

"मैं बचपन से ही मानव के आकाश में उड़ने संबंधी विषय और इस विषय की यांत्रिकी समस्याओं को सुलझाने में रुचि लेता रहा हूँ। मैंने बचपन से ही विभिन्न आकार के बैट्स का निर्माण किया है। मैंने इन्हें यह रूप केले की शैली और पेनॉड के मशीनी ज्ञान का उपयोग करने के पश्चात् दिया है। तब से ही मेरे अवलोकनों ने मुझे इस बात के लिए और भी अधिक प्रेरित किया कि मानव द्वारा उड़ान भरना संभव और स्वाभाविक है। यह केवल ज्ञान और कौशल का ही प्रश्न है, ठीक उसी प्रकार जिस प्रकार कलाबाजों के द्वारा अपनी सभी कलाबाजियाँ की जाती हैं। विश्व में सबसे अधिक प्रशिक्षित कलाबाज पक्षी होते हैं और वे इस कार्य के लिए विशेष रूप से उपयुक्त भी होते हैं और शायद मानव उनकी बराबरी कभी नहीं कर सकता; लेकिन कोई भी, जिसने पक्षियों को किसी कीड़े या दूसरे पक्षी का पीछा करते हुए देखा है, वह इस पक्षी

द्वारा किए गए इस करतब पर संदेह कर सकता, जिसके लिए साधारण उड़ान के मुकाबले तीन या चार बार प्रयास करने की आवश्यकता होती है। मेरा मानना है कि कम-से-कम मानव के लिए साधारण सी उड़ान भरना अवश्य संभव है और मेरे प्रयोगों एवं स्वतंत्र रूप से अलग लोगों द्वारा किए गए शोधों का भी यही उद्देश्य है, जिनका परिणाम व्यापक स्तर पर एकत्र सूचनाओं, ज्ञान एवं कौशल के रूप में हमें प्राप्त हुआ और अंततः यह मानव उड़ान के लक्ष्य को पूरा करने की ओर हमें अग्रसर करेगा।''[10]

यह पत्र एक ऐसे मार्ग का प्रारंभिक बिंदु बना, जिसने विलबर और ऑरविल को हवा में ऊपर, कल्पना से परे और अंत में प्रसिद्धि व भाग्य के शिखर पर पहुँचाया।

□

प्रतिस्पर्धा

विलबर ने जब स्मिथसोनियन को पत्र लिखा तो उनको यह पता नहीं था कि संस्थान के निदेशक स्वयं मानव द्वारा आकाश में उड़ान भरने के विचार से बहुत प्रभावित हैं। यद्यपि इस सोच को विकसित करनेवालों की संख्या कम थी, लेकिन विश्व भर में इस सोच का विकास हो रहा था। ठीक उसी प्रकार जिस प्रकार ऑटोमोबाइल का आविष्कार एक ही समय पर दुनिया के अलग-अलग देशों में हुआ। अलग-अलग देशों के कई व्यक्ति बीसवी सदी में प्रवेश करने के समय आकाश में मानव के उड़ान भरने की संभावनाओं की तलाश करने में लगे हुए थे। इनमें से दो लोग अलेक्जेंडर ग्राहम बेल और सैमुअल पियरपॉण्ट लैंगली थे।

इन दो नामों में से पहले व्यक्ति उस समय के सबसे प्रसिद्ध व्यक्तियों में थे—शायद उस सदी के सबसे प्रसिद्ध लोगों में। उनका जन्म स्कॉटलैंड के एडिनबर्ग में सन् 1847 में हुआ। बेल कम उम्र में ही कनाडा आए और फिर उसके बाद संयुक्त राज्य। वे पहले बोस्टन में बसे और उसके बाद वाशिंगटन, डी.सी. में बसे। सन् 1876 में उन्होंने टेलीफोन का आविष्कार किया और उसे पेटेंट करवाया; लेकिन अपने संपूर्ण जीवनकाल में उन्होंने स्वयं को सबसे पहले एक ऐसे अध्यापक के तौर पर देखा, जो अपने बहरे विद्यार्थियों को शिक्षा

प्रदान करने हेतु प्रतिबद्ध है। सन् 1899 तक, जिस समय विलबर द्वारा स्मिथसोनियन को पत्र लिखा गया, बेल एक प्रख्यात व्यक्ति बन चुके थे और सैमुअल लैंगली, जो कि स्मिथसोनियन के निदेशक थे, के निकटतम मित्रों में से एक थे।

लैंगली का जन्म मैसाचुसेट्स के रॉक्सबुरी में सन् 1834 में हुआ। लैंगली ने सफलता-प्राप्ति के लिए बहुत लंबा रास्ता तय किया था। लैंगली जब युवा थे तो उन्होंने बिना कॉलेज की पढ़ाई किए ड्राफ्टमैन और फिर एक इंजीनियर के तौर पर काम किया। उसके पश्चात् वे पेनसिलवेनिया के पिट्सबर्ग में खगोलीय वेधशाला के प्रमुख भी बने। लैंगली को सौर विकिरण के प्रभाव को समझने में बहुत अधिक रुचि थी। उन्होंने वर्षों तक कई प्रयोग किए। उनकी पद्धतियाँ सदैव ही विज्ञान विषय पर आधारित होती थीं, जिसे बहुत मेहनत से उनके सनस्पॉट के विषय पर तैयार चित्रों में दरशाया गया है। सन् 1890 के समय तक लैंगली मानव के हवाई यात्रा करने की संभावनाओं की ओर आकर्षित हो चुके थे और उन्होंने अपने इस मिशन में अपने अच्छे दोस्त अलेक्जेंडर ग्राहम बेल को भी अपना साथी बना लिया था।

ये दोनों ही व्यक्ति राइट ब्रदर्स से उम्र में काफी बड़े थे और इन दोनों के पास प्रकृति का अवलोकन करने का पर्याप्त समय था—हम ऐसा कह सकते हैं कि उनके पास पक्षियों द्वारा की जानेवाली उड़ने की क्रिया का सूक्ष्मता से अवलोकन करने का भरपूर समय था। लेकिन विलबर ब्रदर्स की सोच से विपरीत लैंगली और बेल इस विचार से प्रेरित थे कि एक शक्तिशाली इंजन या मोटर मानव की उड़ान की सफलता का मूल मंत्र है। विलबर राइट अब तक अपनी दार्शनिकता के साथ सामने नहीं आए थे, लेकिन उनकी सोच का विकास अगले कुछ वर्षों में बहुत तीव्रता के साथ हुआ। यह पक्षियों को आकाश में उड़ते हुए देखने, उनकी नकल करने और यह सीखने पर आधारित

थी कि एक क्राफ्ट को आकाश में उड़ाते हुए किस प्रकार नियंत्रित किया जाए। विलबर सोचते थे कि इन विषयों पर किसी मोटर के प्रयोग से भी पूर्व सबसे पहले विचार किया जाना चाहिए।

जब बात अवलोकन की आती थी तो लैंगली और बेल झुकते नहीं थे; लेकिन वे यह नहीं मानते थे कि नियंत्रण का भी उतना ही महत्त्व है। उनके लिए यह मायने रखता था कि क्राफ्ट को हवा में गतिमान होना चाहिए; जितना हो सके, अधिक तीव्रता के साथ, जितना अधिक संभव हो सके, यह हवा में ही गतिमान रहे। उनकी इस सोच के पीछे विज्ञान था; लेकिन वे यह भी आशा करते थे कि वे किसी भी प्रकार के परीक्षण और गलती से बचें, जिसके लिए राइट ब्रदर्स प्रसिद्ध हुए।

शीघ्र ही सन् 1887 में वे स्मिथसोनियन के निदेशक बन गए और उन्होंने अपना ध्यान मोटर की सहायता से भरी जानेवाली उड़ान की ओर केंद्रित किया। उनके पास एक यांत्रिकी हाथ था, जिसे स्मिथसोनियन की कार्यशाला में तैयार किया गया था और उन्होंने शीघ्र ही यह निर्णय लिया कि वे फ्लाइंग क्राफ्ट को सबके सामने लाएँगे, जो हवा में उड़ान भरेगा और उसके बाद वे एक मोटर का भी निर्माण करेंगे, जो इस कार्य में क्राफ्ट की सहायता करेगी और उसे ऊपर की ओर ले जाएगी। इस प्रकार के क्राफ्ट को उड़ाने का सबसे सुरक्षित तरीका यह था कि इसे पानी के ऊपर उड़ाया जाए, इसलिए लैंगली ने पोटोमैक नदी पर एक हाउसबोट का सहारा लिया था, जहाँ से कभी-कभी प्रयोग किए जाते थे। सन् 1896 की गरमियों में उन्हें काफी बड़ी सफलता तब प्राप्त हुई, जब उनके एरोड्रोम नंबर 1 की शुरुआत कर उसे हवा में भेजा गया और कुछ सेकंड तक वह हवा में रहा।

अमेरिकी खगोलज्ञ और वैमानिकी क्षेत्र में काम करनेवाले पहले व्यक्तियों में से एक सैमुअल पियरपॉण्ट लैंगली ने राइट ब्रदर्स के साथ पहला ऐसा विमान तैयार करने के लिए, जिसमें मानव द्वारा यात्रा की जा सके, प्रतियोगिता की। दुर्भाग्य से लैंगली का विमान, जिसे उपर्युक्त चित्र में दरशाया गया है, ने सन् 1903 में दो असफल उड़ानें भरीं और इसी समय राइट ब्रदर्स ने सफल उड़ान भरी।

विलबर राइट शायद सन् 1896 में किए गए प्रशिक्षण के बारे में जानते थे; लेकिन वे यह नहीं जानते थे कि हाल ही में मोटर के द्वारा भरी गई उड़ान हेतु किए गए प्रयोगों के लिए अमेरिकी सरकार ने 50,000 डॉलर की राशि आवंटित की है। लैंगली ने अपनी बुद्धिमत्ता से 25,000 डॉलर की पहली राशि प्राप्त कर ली थी और दूसरी राशि को प्राप्त करने हेतु उन्हें कुछ परिणामों के प्रदर्शन करने की आवश्यकता थी। इसमें उनकी सहायता बेल के साथ उनकी दोस्ती ने की—जिन्हें वाशिंगटन,

डी.सी. के संपूर्ण समुदाय द्वारा मान-सम्मान दिया जाता था—और स्पेनिश अमेरिकी युद्ध के आरंभ होने पर अध्यक्ष एम.सी किनले को कुछ फ्लाइंग क्राफ्ट ('एरोप्लेन' अर्थात् 'विमान' शब्द की खोज तब तक नहीं की गई थी), जो कि चौकसी रखने हेतु उपयोगी थी, के लिए राजी किया।

विलबर राइट का स्पष्ट तौर पर सैमुअल लैंगली और अलेक्जेंडर बेल जैसे लोगों से कोई संबंध नहीं था। विलबर द्वारा भेजा गया पत्र लैंगली को प्राप्त ही नहीं हुआ, क्योंकि उस समय वे छुट्टी पर थे। स्मिथसोनियन संस्थान के अधीनस्थ अधिकारियों ने उस पत्र के जवाब में विलबर को परचे और पत्रिकाएँ भेज दीं, जिन्होंने कुछ हद तक विलबर की सहायता की।

मानसिक सफलता

वर्षों बाद विलबर राइट ने यह दावा किया कि वे अपनी कल्पना से अपनी आँखों की तुलना में काफी बेहतर दृश्य देख सकते हैं। वास्तविक रूप से बहुत से लोगों के लिए कभी-कभी यह सत्य साबित होता है। कभी-कभी व्यक्ति उन दृश्यों की कल्पना कर लेता है, जो तब तक कोई अस्तित्व नहीं होता। यदि विलबर की बात करें तो उनमें यह क्षमता असाधारण स्तर तक थी और उनके पास साहसिक प्रकार की कल्पना-शक्ति थी, जिसका अनुसरण वे किसी भी चीज से प्रेरित होने के पश्चात् पूरी तन्मयता के साथ करते। और सन् 1899 की गरमियों की शुरुआत में यही हुआ था।

स्मिथसोनियन संस्थान से भेजी गई पाठ्य सामग्री के मिलने के केवल एक सप्ताह के पश्चात् विलबर अकेले अपनी दोपहिया साइकिल की दुकान पर काम कर रहे थे। उनके हाथ में एक खाली कार्डबोर्ड का डिब्बा था, जिसमें इससे पूर्व साइकिल के पहियों में लगनेवाली ट्यूब रखी हुई थी। विलबर सोच में डूबे हुए थे और भूलवश उन्होंने उस

आयताकार डिब्बे के अंतिम छोरों को मोड़ दिया। जब उन्होंने इस आकार के बारे में अपने मन की आँखों में कल्पना कर नीचे देखा तो पाया कि दोनों छोर इस प्रकार मुड़े या पलट गए थे, जिस प्रकार पक्षी अपने पंखों के साथ करते हैं। (इस घटना के कुछ समय के बाद यह प्रक्रिया 'पंखों को पलटना' कहलाई।)

विलबर ने जैसे ही नीचे देखा तो उनको विश्वास हो गया कि उन्होंने पक्षियों के उड़ने से संबंधित एक बड़े रहस्य को जान लिया है। बहुत से अवलोकनकर्ताओं ने यह निष्कर्ष दिया कि एक पक्षी पलटने की क्रिया करने के लिए अपने एक पंख को अपने शरीर के बिल्कुल निकट स्थित कर देता है। लेकिन विलबर का पक्षियों के लिए किया गया अवलोकन—विशेष तौर पर बाज के आधार पर—इसे खारिज कर दिया। कार्डबोर्ड के अंतिम छोर पर उन्होंने वही देखा, जो पक्षियों के द्वारा किया जाता है—वे अपने पंखों को इस क्रम में पलटते या मोड़ते हैं, जिससे कि एक पंख को उठा सके और दूसरे को नीचे कर सके। इसका परिणाम यह निकलता है कि वे नियंत्रण बनाए रखने में सफल हो जाते हैं।

यह एक आश्चर्यजनक खोज थी। लोग इस बात पर आश्चर्य करते थे कि पहले क्यों नहीं किसी अन्य व्यक्ति या विलबर राइट के द्वारा रहस्य का पता लगाया। इसका उत्तर यह था कि पक्षियों द्वारा की जानेवाली यह क्रिया इतनी तीव्रता के साथ की जाती है कि कोई व्यक्ति उनकी इस क्रिया को खुली आँखों से नहीं देख पाता। एक बार जब किसी को यह पता चल जाए कि पक्षी अपने पंखों को मोड़ते हैं, तो सबकुछ आसानी से समझ में आने लगता है और व्यक्ति संभवत: यह सोचने लगता है कि उसने स्वयं अपनी आँखों से पक्षियों को यह क्रिया करते हुए देखा है; लेकिन ऐसे बहुत ही कम लोग होते हैं, जिनकी दृष्टि इतनी तीव्र होती है कि वे इतनी सूक्ष्म क्रिया को देख सकें। लगभग 12 वर्ष पूर्व आधुनिक फोटोग्राफी के प्रादुर्भाव ने उड़ते हुए पक्षियों का सूक्ष्मता के अध्ययन

चित्रों के माध्यम से सरल बना दिया। विलबर ने विभिन्न पुस्तकों में प्रकाशित पक्षियों के चित्रों का अवलोकन कर यह परीक्षण किया; लेकिन खुली आँखों से पक्षियों के इस कारनामे को देखने का दावा आज तक कोई नहीं कर सका। इसके लिए मानसिक शक्ति या कल्पना-शक्ति की आवश्यकता होगी।

पहली पतंग

राइट ब्रदर्स के काल में पतंगों के बारे में जानने के लिए कुछ भी नया नहीं था; वे वहाँ कुछ समय के लिए थी। लेकिन विलबर ने पंखों के मोड़ने की गति के साथ अपने प्रयोगों को करना आरंभ कर दिया और यही वह समय भी था, जब इस प्रक्रिया में उनका छोटा भाई ऑरविल भी उनका साझेदार बन गया।

यह लंबे समय से विवाद का विषय बना हुआ है कि क्या दोनों भाई अपने प्रयासों में समान रूप से भागीदार थे? शुरुआती दौर के जो पत्र व अनुप्रयोग मिलते हैं, उनमें विलबर राइट के द्वारा 'मेरा विचार', 'मेरी परियोजना' इत्यादि निर्दिष्ट किया गया है; लेकिन वर्ष 1900 के अंतिम भाग के दौरान उन्होंने लगातार 'हम' शब्द का प्रयोग किया है। शुरुआती दौर में राइट ब्रदर्स की जीवनी लिखनेवाले उन्हें एक टीम ही मानते थे और संभवत: वह लंबे समय तक ऐसा ही सोचते रहे। लेकिन इसमें भी कोई संदेह नहीं कि शुरुआती दौर में वे विलबर ही थे, जिन्होंने अभूतपूर्व कल्पनाशीलता का प्रयोग करते हुए अपने प्रयोग को सफल बनाया। ऐसा नहीं था कि ऑरविल का योगदान इसमें कम था, वह भी बहुत महत्त्वपूर्ण था; लेकिन यहाँ पर यह सुझाव उपयुक्त है कि इन दोनों की टीम में बड़े भाई ने नेतृत्व की कमान सँभाल रखी थी।

सन् 1900 की वसंत ऋतु तक विलबर और ऑरविल ने कई पतंगों का निर्माण किया और ओहियो के डेटन के पास के क्षेत्र पर प्रयोग भी

किए। उन्होंने डोरी और गरारी का प्रयोग पंखों को मोड़ने का प्रभाव डालने के लिए किया और पाया कि यह उनके लिए कारगर है। लेकिन अब उन्हें और कमरों व शक्तिशाली बयारों की आवश्यकता थी, जिससे कि वे और भी सफल परीक्षण कर सकें। इसके साथ उनको विमानन क्षेत्र के विशेषज्ञों की राय की भी आवश्यकता थी। इसलिए सन् 1900 में यादगार दिनों में विलबर ने शिकागो के इंजीनियर और विमानचालक ओक्टावे चांटू को पत्र लिखा।

सन् 1900 में राइट ब्रदर्स ने ग्लाइडर के अनेक मॉडलों का निर्माण किया, जिसका प्रयोग उन्होंने हवाई उड़ान को आकार देने के लिए किया। इन पतंगों को डोरी और गरारी की सहायता से नियंत्रित किया जाता था, जिनका प्रयोग राइट ब्रदर्स के द्वारा पंखों को मोड़ने से उत्पन्न होनेवाले प्रभाव को डालने के लिए किया जाता था।

ओक्टावे शैनूटे (1832-1910)

विमानन क्षेत्र में अग्रणी

ओक्टावे शैनूटे का जन्म फ्रांस में हुआ और बहुत छोटी उम्र में ही वे अपने परिवार के साथ अमेरिका आ गए। वे मध्य पश्चिमी क्षेत्र में बड़े हुए और न्यू ऑरलैंड में अपनी स्कूली शिक्षा प्राप्त की। सन् 1900 तक, जिस वर्ष राइट ब्रदर्स के द्वारा पहली बार शैनूटे का नाम सुना गया, उस समय तक शैनूटे विमानन व इंजीनियरिंग के क्षेत्र में दिग्गज नाम बन चुके थे। उन्होंने मिसीसिपी नदी पर बननेवाले पुल के निर्माण कार्य में सहायता की थी और वे शिकागो स्कूल ऑफ इंजीनियरिंग के संस्थापक भी थे। वे उस चरम बिंदु तक सफलता प्राप्त कर चुके थे कि मिस्र जैसे दूर-दराज के स्थानों तक अपना विस्तार कर सकते थे। अब भी उनकी एक बड़ी इच्छा इनसान को आकाश में उड़ान भरते हुए देखना था।

सन् 1890 के अंतिम दौर में शैनूटे ने अपने साथ विमान-चालकों के समूह, जो उनके द्वारा निर्मित ग्लाइडरों को चलाया करते थे, को साथ लिया। उन्होंने मिशीगन झील के रेतीले किनारों से उड़ान भरी और इस क्षेत्र में कुछ कदम आगे भी बढ़ाए; लेकिन उनके किसी भी ग्लाइडर के द्वारा पंखों के मुड़ने (जिसकी खोज विलबर राइट के द्वारा हाल ही में की गई थी) की गति के साथ सामंजस्य नहीं बैठाया जा सका। शैनूटे इन प्रयोगों में स्वयं भाग लेने के लिए काफी बूढ़े थे; लेकिन उन्होंने अपने ग्लाइडर को तब तक टहोकना, बहलाना और उनकी प्रशंसा करना जारी रखा, जब तक वे जोखिम उठाने के लिए तैयार नहीं हो गए। शैनूटे आर्थिक रूप से काफी संपन्न थे। उनको और अधिक धन की आवश्यकता नहीं थी, लेकिन वे मानव के उड़ान भरने की प्रक्रिया में होनेवाले विकास में अपनी किसी प्रकार की भूमिका नहीं चाहते थे।

उन्होंने जब सन् 1900 में पहली बार राइट ब्रदर्स से इस बारे में सुना तो वे उनसे काफी प्रभावित हुए, क्योंकि वे यह स्पष्ट तौर पर जान चुके थे कि इस विषय पर राइट ब्रदर्स के साथ किया गया यह करार काफी अच्छा था। अगले पाँच वर्षों में वे राइट ब्रदर्स की बहुत बड़ी ताकत बने रहे; लेकिन उनको इस बात का अहसास होने लगा। उनकी रुचि इस बात में बहुत अधिक है कि उनकी देखभाल करने के बजाय वे किसी व्यक्ति को उड़ान भरते हुए देखें। राइट ब्रदर्स और शैनूटे के बीच के संबंधों में कुछ कड़वाहट आ गई, जिसका परिणाम सन्

1910 की कुछ भड़काऊ बातचीत व कड़वाहट भरे पत्रों के तौर पर सामने आया। इस कड़वाहट को दूर करने के प्रयास भी किए गए; लेकिन उसके एक वर्ष के पश्चात् ही शैनूटे का देहांत हो गया।

विमान-चालकों और विमानन के क्षेत्र में सहायक लोगों में से शैनूटे की शख्सियत असामान्य थी। वे समस्या के किसी एक पहलू पर अपना ध्यान केंद्रित करने के बजाय समस्या के सभी पहलुओं पर विचार करना चाहते थे। वे जानते थे कि लैंगली एवं बेल क्या कर रहे हैं और वे राइट ब्रदर्स के बारे में भी जानते थे। संभवतः वे इन दोनों समूहों के बीच संबंध को विकसित कर सकते थे; लेकिन इस प्रकार इन दोनों समूहों के बीच की प्रतियोगिता में भी बाधा उत्पन्न होती, जिसने सन् 1903 में पहली उड़ान की ओर अग्रसर किया।

पत्र की शुरुआत इस प्रकार हुई—"कुछ वर्षों से मैं इस विचार से ग्रस्त हूँ कि मानव के लिए हवाई यात्रा संभव है। मेरी यह बीमारी समय के साथ और भी गंभीर होती जा रही है और मुझे ऐसा लगता है, जल्द ही यह मेरी जान न ले तो कम-से-कम और अधिक धन की माँग तो अवश्य करेगी। मैं यह प्रयास कर रहा हूँ कि अपने अन्य सभी कार्यों को इस प्रकार से व्यवस्थित करूँ कि कुछ माह के लिए अपना सारा समय इस क्षेत्र में होनेवाले प्रयोग पर लगा सकूँ।[11]

इस बीच विलबर और ऑरविल अब भी अपनी साइकिल की दुकान चलाते थे। उनकी माली हालत ठीक थी; लेकिन वे विशेष तौर पर वसंत और गरमियों के मौसम में व्यस्त रहते थे, जब उनके पड़ोसी बाहर सड़क पर निकलना चाहते थे। पत्र में आगे लिखा गया—"बाजों और इसी के समान उड़ान भरनेवाले पक्षियों की उड़ान इस कार्य के लिए कौशल के मूल्य को दरशाने एवं आंशिक रूप से मोटर की आवश्यकता को नकारने हेतु बहुत अच्छा प्रदर्शन है। मोटर के बिना उड़ान भरना संभव है, लेकिन ज्ञान और कौशल के बिना यह संभव नहीं है।"[12]

ऐसा प्रतीत होता है कि यह युवा व्यक्ति, जो कभी कॉलेज नहीं

गया, जिसके पास कोई डिग्री या पेशेवर प्रशिक्षण नहीं था, ऐसा सोचता था कि वह स्मिथसोनियन संस्थान के निदेशक के पथ की उपेक्षा करके भी अपने लक्ष्य को प्राप्त कर सकता है। उन्होंने बिना मोटर की सहायता के आकाश में नियंत्रण बनाए रखने का अभ्यास करने का इरादा किया। उन्होंने पत्र में लिखा—"बाजों को आकाश में उड़ते हुए किए गए मेरे अवलोकन ने मुझे यह मानने की ओर प्रेरित किया है कि जब वे हवा के झोंके से पंखों के शीर्ष पर मरोड़ के द्वारा आंशिक तौर पर पलट जाते हैं तो अपने पार्श्व संतुलन को प्राप्त कर लेते हैं। यदि उनके दाएँ पंख के शीर्ष का पीछे का किनारा ऊपर की ओर मुड़ा हुआ होता है और बायाँ नीचे की ओर मुड़ा होता है तो पक्षी एक चालित पवन चक्की बन जाता है और तुरंत ही उसके सिर से लेकर पूँछ तक, जिससे कि अक्ष बने, की रेखा में मुड़ना आरंभ कर देता है।

विलबर ने अपने पत्र को शैनूटे को यह कहते हुए समाप्त किया कि कुछ प्रयोगों को करने हेतु उचित स्थान ढूँढ़ने में वे उनकी सहायता करें। संभवत: वे सोचते थे कि यह बुजुर्ग व्यक्ति उनको कुछ ऐसे स्थानों का सुझाव देगा, जो उनके घर के पास हो और जिसे वे आसानी से ढूँढ़ सकें; लेकिन शैनूटे ने उनके पत्र का जवाब देते हुए कैलिफोर्निया के सैन डिएगो का नाम लिया, जिनकी हवाएँ उनके लिए उपयुक्त थीं, इसके अतिरिक्त उन्होंने फ्लोरिडा के सेंट जेम्स सिटी और यह भी सुझाया कि शायद दक्षिण कोरोलिना या जॉर्जिया के अटलांटिक समुद्र-तट पर अच्छे स्थानों को तलाश किया जा सकता है।[14] उन्होंने चाहे जानबूझकर कहा या अनजाने में, वे राइट ब्रदर्स को उस दिशा में भेज रहे थे, जहाँ पर वह स्थान था, जिसे अब राइट ब्रदर्स के नाम से पहचाना जाता है—किटी हॉक।

□

किटी हॉक
1 और 2

किटी हॉक स्थानांतरित संकीर्ण रेत पर बसा हुआ है, जो उत्तरी कोरोलिना के बाहरी किनारे को परिभाषित करता है। यह स्थान न तो तब और न ही अब जीवन-निर्वाह हेतु उपयुक्त स्थान है। एक ओर तो कभी-कभी तूफान इस क्षेत्र को प्रभावित करता रहता है और इसके साथ ही दक्षिण की ओर से टकराव के साथ आनेवाला गरम और ठंडा पानी इस क्षेत्र के लिए अस्थिर मौसम बनाए रखते हैं। उत्तरी कोरोलिना के बाहरी तट पर कम-से-कम 600 जहाज़ डूब चुके थे, जिसके चलते जहाज चालकों द्वारा इस क्षेत्र को 'उत्तरी अटलांटिक का कब्रिस्तान' कहा जाने लगा।

सन् 1900 में जब राइट ब्रदर्स यहाँ पर आए तो यह स्थान और भी अधिक दूर व अल्प सुविधाओंवाला था। मध्य-पश्चिम क्षेत्र में जनमे और पले-बढ़े राइट ब्रदर्स ने इससे पूर्व कभी महासागर नहीं देखा था। कदाचित् उन्हें अपनी शिक्षा को पूरी करने के लिए किसी प्रकार के अभाव का सामना नहीं करना पड़ा; लेकिन अपने घर के बाहर बाहरी जगत् में घूमने-फिरने के लिए उन्हें अभावों का सामना अवश्य करना पड़ा। लेकिन ऐसा कदापि नहीं है कि बाहरी जगत् के बारे में उनको तनिक भी जानकारी नहीं थी। उनके पारिवारिक पुस्तकालय ने उनके इस ज्ञान को

भी बढ़ाया। यह उस पुस्तकालय की ही देन थी कि वे यूरोप एवं एशिया जैसे दूर-दराज स्थित कई जगहों से भी भलीभाँति परिचित हो गए थे। बाद में लोगों का ध्यान इस ओर गया कि विलबर अपनी पहली फ्रांस यात्रा के समय कई फ्रेंच लोगों से अधिक उस देश के बारे में जानते थे।

सन् 1900 के अगस्त माह में विलबर ने किटी हॉक जाने की पूरी तैयारी कर ली थी। उनकी योजना यह थी कि पहले विलबर किटी हॉक जाएँगे, जबकि ऑरविल वहीं रहकर उनकी साइकिल की दुकान सँभालेंगे। बाद में ऑरविल भी विलबर के पास किटी हॉक चले जाएँगे और दोनों भाइयों की अनुपस्थिति में उनकी बहन कैथरिन दुकान पर काम करनेवाले एक कर्मचारी के साथ उनकी दुकान सँभालेंगी। पादरी राइट आम तौर पर शहर से बाहर रहते थे और उन्हें अपने बेटों की उत्तरी कोरोलिना की यात्रा के बारे में केवल तब पता चला, जब उन्हें कैथरिन का लिखा हुआ एक पत्र मिला, जिसमें लिखा था कि दोनों भाइयों के लिए यदि कुछ अच्छे परिणाम न भी प्राप्त हुए तो ये काफी आनंददायक छुट्टियाँ सिद्ध होंगी।

विलबर उत्तरी कोरोलिना के एलिजाबेथ टाउन में भारी गरमी के पूरे उफान के समय उतरे। एक पादरी का बेटा होने के कारण राइट ब्रदर्स सदैव रूढ़िवादी ढंग से लंबी पतलून और कमीज के साथ टोपी भी पहना करते थे। विलबर गरमी के कारण लगभग बेहोश-से हो गए थे, लेकिन उन्होंने किसी प्रकार से किटी हॉक जाने के लिए नाव पर चढ़ने से पहले शहर में फर बोर्ड का इंतजाम कर लिया था। हालाँकि वे अपने गंतव्य के काफी करीब थे, फिर उन्होंने लोगों के बीच रहकर जाना कि ऐसे बहुत से लोग थे, जिन्होंने कभी किटी हॉक का नाम भी नहीं सुना था।

छत्तीस घंटों के बाद विलबर किटी हॉक की रेतीली भूमि पर थे। वहाँ पर करीब साठ ऐसे निवासी थे, जो वहाँ के बाशिंदे थे। इसके साथ ही वहाँ पर पास ही में एक अमेरिकी जीवन-रक्षक स्टेशन भी था, जिसमें

सात लोग कार्यरत थे। किटी हॉक में रहनेवाले लोग धूप की गरमी के कारण गहरे रंग के थे, क्योंकि उन्होंने काफी समय सूरज की गरमी में ही व्यतीत किया था। उनमें से कई उन नाविकों के वंशज थे, जो कभी इन तटों पर आए थे, पर जहाज के बंद हो जाने के कारण वापस जाने में विफल रहे थे।

विलबर जैसे ही किटी हॉक पहुँचे, वे सीधे बिल टेट के घर गए, जिन्होंने विलबर को किटी हॉक की विशेषताओं का बखान करते हुए उत्साहित करनेवाला प्रशंसा-पत्र लिखा था। बिल टेट उस पुराने ढर्रे में रचे-बसे स्थान पर सबसे अधिक आधुनिक निवासी थे। उनकी पत्नी एडी महिला डाकपाल थीं और टेट दंपती की दो पुत्रियाँ थीं।

टेट ने पत्र के द्वारा विलबर को यह सलाह दी थी कि किटी हॉक हवा संबंधी प्रयोगों को करने के लिए सर्वोत्तम स्थान है, क्योंकि यहाँ पर हवा निरंतर अपना रुख बदलती रहती है। लेकिन इसके साथ ही उन्होंने विलबर को यह चेतावनी भी दी थी कि अक्तूबर माह के मध्य के बाद मौसम थोड़ा सा सख्त हो जाता है। (यह एक खामोश चेतावनी थी, जो कभी वहाँ रही हों।) विलबर यह जानते थे कि उनके पास समय कम है और जैसे ही वे वहाँ पहुँचे, वे ग्लाइडर को उड़ने की आशा में जोड़ने लगे।

ऑरविल वहाँ पर करीब दस दिनों के बाद आए। शीघ्र ही वहाँ पर समुदाय के सभी लोग दोनों भाइयों को 'मिस्टर राइट' के नाम से संबोधित करने लगे। ऑरविल ने वहाँ पर दोनों भाइयों को जिन परिस्थितियों का सामना करना पड़ा, उनका व्याख्यान कुछ इस प्रकार किया—

"हम यहाँ पर अच्छा समय व्यतीत कर रहे हैं। हम मशीन को तीन भिन्न-भिन्न दिनों पर बाहर निकालते हैं और हर बार इसे हम दो से चार घंटे के लिए निकालते हैं। सोमवार की रात और मंगलवार को पूरे दिन हमने पाया कि हवा की

गति बहुत ही तीव्र थी। यह प्रति घंटा 36 मील की रफ्तार से बह रही थी। बुधवार की सुबह किटी हॉक के निवासी सुबह तड़के उठकर जंगले के किनारे से और अपने घरों में ऊपर चढ़कर खिड़की से झाँककर यह देखने के लिए आए कि हमारा कैंप अब भी बचा हुआ है या नहीं।''[15]

ऑरविल इसे मशीन कहते थे, लेकिन इसके लिए पतंग या ग्लाइडर अधिक उपयुक्त शब्द था। राइट ब्रदर्स ने एक खूबसूरत और नाजुक चीज बनाई थी, जो आकाश में उड़ती हुई बहुत ही प्यारी लगती थी; लेकिन वह एक ऐसी चीज थी, जो किसी भी समय तेजी से जमीन पर गिर सकती थी। संभवत: हवाई यात्रा के इतिहास का पहला व्यक्ति, जिसने इसमें बैठकर हवाई यात्रा की, टॉम टेट नामक बालक था। उसकी उम्र लगभग दस वर्ष की थी और वह बिल टेट, जिन्होंने एक माह पूर्व राइट ब्रदर्स का किटी हॉक में पूरी गर्मजोशी के साथ स्वागत किया था, का भतीजा था। ऑरविल ने अपनी बहन कैथरिन को लिखे एक पत्र में टॉम टेट के बारे में बताते हुए लिखा था कि ''टॉम टेट एक छोटा सा लड़का है, जो लगभग चार्ल्स मिलार्ड के बराबर है। उसकी उम्र के अन्य बच्चे, जिन्हें मैंने अब तक देखा है, के मुकाबले वह बहुत बड़ी कहानी सुना सकता है। हमने उस दिन उसकी उस समय तसवीर ली, जब वह एक ऐसी चीज उठाए अपने घर की ओर जा रहा था, जो आकार में लगभग उसके ही बराबर थी। वह चीज नमकीन पानी वाली एक मछली थी।''[16]

राइट बंधुओं में ऑरविल अपने अनुभवों को अधिक रोमांचक कहानी के रूप में प्रस्तुत करने में सक्षम थे। वे अपने घर कम अंतराल पर ही पत्र भेजते रहते, जो रोमांचक कहानियों से भरे होते; जबकि विलबर अपनी अधिकतर बातों को डायरी में लिखते। वे दोनों भाई बड़ी सावधानी के साथ अपनी छोटी-से-छोटी घटना को दिन, तारीख, समय

इत्यादि के साथ लिखते। वे चाहते थे कि यदि वे उड़ान भरने संबंधी किसी भी उपलब्धि को प्राप्त करते हैं तो भविष्य में उसे दिन, स्थान और समय के साथ याद किया जाए। हालाँकि ग्लाइडर के साथ प्रयोग करने के साथ-साथ विलबर ने पक्षियों, जो किटी हॉक में हजारों की संख्या में मौजूद थे, पर भी नजर बनाए रखना जारी रखा।

टॉम टेट, किटी हॉक निवासी बिल टेट का भतीजा, ही वह पहला व्यक्ति था, जिसने उत्तरी कोरोलिना में राइट ब्रदर्स के ग्लाइडर में बैठकर हवाई यात्रा की। सन् 1900 में ली गई इस तसवीर में टॉम मछली के साथ राइट ब्रदर्स के ग्लाइडर के ठीक सामने खड़े हैं।

"बाज के मुकाबले मुरगी बाज अधिक तीव्रता के साथ बढ़ती है और इसकी गति अधिक स्थिर होती है। अपने संतुलन को बनाते समय यह अपेक्षाकृत कम प्रयास का प्रदर्शन करती है। मुरगी बाज की अपेक्षा अधिक ऊँची उड़ान भरती है; लेकिन प्राय: सहारे के लिए यह अधिक फड़फड़ाती है। यह ऐसा अधिक गति की अपेक्षा में करती है।" आगे लिखते हुए विलबर कहते हैं कि "ऊँची उड़ान भरने के लिए नमीवाला दिन सहायक तब तक नहीं होता जब तक हवा बहुत अधिक न हो। जब हवा शांत होती है तो कोई भी पक्षी ऊँची उड़ान नहीं भरते।"[17] दोनों ही भाइयों, विशेष तौर पर विलबर की सोच—जो कुछ भी उन्होंने सीखा या पूर्वकाल में उनको पढ़ाया या बताया गया, उसके बजाय उस पर आधारित थी, जो कुछ भी उन्होंने पक्षियों का अवलोकन करते हुए देखा था। निस्संदेह ही, वास्तविक तौर पर ऐसे बहुत कम लोग थे, जो उन्हें आकाश में उड़ान भरने के बारे में कुछ सिखा पाए, क्योंकि इस कला के बारे में तब तक कोई भी नहीं जानता था।

जल्द ही उड़ान भरने का यह दौर समाप्त होने जा रहा था। राइट ब्रदर्स अपने ग्लाइडर को किटी हॉक में ही छोड़ गए। ऐडी हॉक ने जल्दी ही उसके साटिन भागों को अपनी बेटियों की पोशाक को बनाने के लिए काट लिया। डेटॉन में अपने घर वापस आने पर विलबर ने जो भी उपलब्धियाँ प्राप्त की थीं, उनका व्याख्यान करते हुए लिखा—

> "हमें पीछे की तरफ के संतुलन स्थापित करने में किसी भी प्रकार की समस्या का सामना नहीं करना पड़ा। जिस आसानी के साथ हमने इसे प्राप्त किया, वह हमारे लिए बहुत अधिक आश्चर्यजनक बात थी। यह उन सभी प्रयोगों पर आधारित लेखन सामग्री से भिन्न था, जिसने हमें अपेक्षा रखने हेतु प्रेरित किया था। ऐसा संभवत: आंशिक तौर पर हवा की स्थिरता, चालक की स्थिर स्थिति और भाग्य से अनुकूल

परिस्थितियों—जिनसे हम अवगत नहीं हैं—के संयोजन के कारण हुआ; लेकिन हमारी ऐसी आशा है कि यह एक नई पद्धति के कारण हुआ था...हमने कभी उसके स्थान को बदलने की आवश्यकता महसूस नहीं की।''[18]

यह अद्भुत था। ओटो लियेनथाल और वास्तव में वे सभी ग्लाइडर्स, जो इससे पहले आए, उन्होंने क्राफ्ट को नियंत्रित करने, हवा के साथ झुकने एवं चलने के लिए अपने किनारों को स्थानांतरित कर लेते हैं। लेकिन राइट ब्रदर्स ने इस परिणाम को प्राप्त करने के लिए और भी अधिक स्थिर व सुरक्षित माध्यम खोज निकाला था। इस माध्यम में चालक एक स्थान पर स्थिर रहता था और उसे तारों की पंक्तियों और शृंखलाओं के माध्यम से लपेट दिया जाता। अब भी ओक्टावे शैनूटे के अतिरिक्त ऐसा अन्य कोई नहीं था, जो उड़ान में शामिल था और उसे पता हो कि राइट ब्रदर्स के द्वारा किटी हॉक में क्या किया गया था।

दूसरा वर्ष

सन् 1901 की वसंत ऋतु तक विलबर और ऑरविल इस साहस में बराबर के भागीदार बन चुके थे, इस बात का सही प्रमाण उनके किसी भी रिकॉर्ड या रसीद में नहीं मिलता है कि वह कौन सी तिथि थी, जब दोनों भाई एक साथ आधिकारिक तौर पर जुड़ गए; लेकिन उस समय के विलबर द्वारा लिखे गए पत्रों में हमारी योजना, हमारी इच्छा इत्यादि बातें सम्मिलित होने लगी थीं। अब तक जो बड़े भाई के दिलोदिमाग में घर बना चुकी एक इच्छा थी, वह अब दोनों का जुनून बन चुका था।

राइट ब्रदर्स सरकार से मिलनेवाली आर्थिक सहायता व विकास की प्रतिस्पर्धा से कोसों दूर थे; लेकिन उनमें कुछ ऐसा अवश्य था, जो उनके विरोधियों में नहीं था—तकनीकी समस्या पर अपना ध्यान केंद्रित

करने की अद्‌भुत क्षमता और तब तक उस समस्या पर टिके रहना, जब तक उसका हल न प्राप्त कर ले। एक बार उनके कारीगर चार्ल्स टेलर ने उनकी पद्धति का व्याख्यान करते हुए कहा कि किसने कहा कि राइट बंधुओं की आवाज ऊँची होगी। वे एक समस्या या विचार के बारे में तब तक बहस करते रहते थे, जब तक विलबर यह कहने के लिए तैयार नहीं हो जाते थे कि ऑरविल सही हैं और ऑरविल भी विलबर के बारे में जब तक यही शब्द नहीं कहते, तब तक उनकी बहस जारी रहती।

सन् 1901 में उन्होंने पिछले साल की अपनी उपलब्धियों में सुधार करने के प्रयास किए। इस बार दोनों भाई एक साथ गए और वे किटी हॉक में सितंबर के बजाय जुलाई माह में पहुँचे। उन्होंने दूसरे ग्लाइडर, जिसमें पंखों को मोड़ने की क्षमता थी, का निर्माण किया; लेकिन उनके ग्लाइडर में अब भी कोई मोटर नहीं थी। दोनों भाइयों का मानना था कि मोटर इस पहेली का सबसे अंतिम भाग है, जिसे तब जोड़ा जाना चाहिए जब स्थिरता, संचालन और संतुलन संबंधी सभी समस्याओं को हल कर लिया जाए।

उस समय तक पूरे राइट परिवार के लिए राइट ब्रदर्स की यह परियोजना जुनून बन चुकी थी। पादरी राइट भी इसमें उतनी ही रुचि लेते थे, जितना कि परिवार के अन्य लोग। और कैथरिन राइट एक स्थिर चक्का बन चुकी थी, जो पूरे घर के साथ-साथ थोड़ा-बहुत राइट बंधुओं की साइकिल की दुकान को भी उस परिस्थिति में सँभालती थी, जब राइट ब्रदर्स वहाँ नहीं होते थे। लॉरिन राइट, जो डेटन में रहती थी, ने भी इससे जुड़ना आरंभ कर दिया।

विलबर और ऑरविल अपने दूसरे परीक्षण के लिए उस स्थान के लिए निकले। वर्ष 1900 की समाप्ति के दौर में उन्होंने जो उड़ान भरी, उस दौरान उनका ध्यान चट्टान की शृंखलाओं की ओर गया, जिसे स्थानीय लोग 'किल डेविल हिल्स' कहकर पुकारते थे। उस

साल उन्होंने जहाँ पर अपने प्रयोग किए थे, उसके लगभग एक मील दूर तीन प्रमुख रेत के टीले थे। जब वे सन् 1901 में वापस वहाँ पर गए तो राइट ब्रदर्स अपने ग्लाइडर को उन टीलों पर ले गए और अपने पहले बनाए रिकॉर्ड को तोड़ने के प्रयास करने लगे।

वे असफल हो गए।

उन्होंने प्रयास किया और एक बार फिर असफल हो गए। विलबर ने अपनी डायरी में यह रहस्य खोलते हुए लिखा कि—

> हमारे प्रयोगों की सबसे अधिक हतोत्साहित करनेवाली बाधाएँ इस प्रकार थीं। लियेनथाल तालिका द्वारा जिस लिफ्ट के संकेत दिए गए थे, उसका एक-तिहाई लिफ्ट भी हम प्राप्त नहीं कर पा रहे थे। हम यह अपेक्षा कर रहे थे कि हम अपने समय के बड़े भाग को 18 मील की रफ्तार से बहने वाली हवा में, मशीन की अधिक गति के बिना, प्रयोग के लिए समर्पित करेंगे। हमने यह पाया कि हमने वास्तव में जिस अभ्यास की अपेक्षा की थी, हम उसका केवल पाँचवाँ भाग ही प्राप्त कर पाए थे।[19]

इस समय तक राइट बंधुओं ने उड़ान को प्रभावित करनेवाली तीन शक्तियों की पहचान कर ली थी। लिफ्ट, जिसका अर्थ क्राफ्ट के पंखों के निचले भाग पर पड़नेवाले दबाव की मात्रा से था। ड्रैग का अर्थ नीचे पड़नेवाले दबाव की मात्रा से था। एंगल ऑफ अटैक (जिसे 'एंगल ऑफ इनसीडेंट' भी कहा जाता था) वह कोण होता था, जिस पर हवा प्रमुख तीव्रता के साथ हमला करती थी। दोनों भाई यह अच्छी तरह समझ चुके थे कि उड़ान भरने के लिए वे जिस यांत्रिकी का प्रयोग कर रहे हैं, वह उस समय की अन्य सभी से बहुत बेहतर है। फिर भी वे पिछले वर्ष मिली अपनी सफलता की ऊँचाई को पुनः प्राप्त नहीं

कर पा रहे थे। वे यह भली-भाँति जानते थे कि सन् 1901 में उन्होंने जो ग्लाइडर बनाया है, वह अपने पिछले रूप से काफी बेहतर है। वे यह भी जानते थे कि इस विषय पर उनके ज्ञान का भी विस्तार हुआ है। फिर ऐसा क्या था, जो उनसे छूट रहा था? वैज्ञानिक तौर पर, इस समस्या को भली प्रकार से जाँचने के बाद, राइट ब्रदर्स धीरे-धीरे इस निष्कर्ष पर पहुँचे कि लियेनथाल की गणितीय तालिका बंद हो चुकी है।

राइट ब्रदर्स का दूसरा ग्लाइडर, जिसका निर्माण सन् 1901 में किया गया, उनके पहले ग्लाइडर का ही संशोधित रूप था; लेकिन इसके माध्यम से वे उस परिणाम को प्राप्त करने में असफल रहे, जो उन्होंने पहले ग्लाइडर से प्राप्त किए थे। यहाँ दिए गए चित्र में विलबर राइट उत्तरी कोरोलिना के किटी हॉक पर बने रेत के टीलों पर ग्लाइडर को चलाने हेतु किए गए प्रयास के लिए औंधे लेटे हैं।

जैसे ही वे अपने दूसरे सत्र के प्रयोगों को पूरा कर वापस आए, वे दोनों भाई इतने अधिक हतोत्साहित थे, जितना वे पहले कभी नहीं हुए। यह स्पष्ट तौर पर कभी साफ नहीं हो सका कि घर वापस आने की अपनी यात्रा के दौरान विलबर ने ऑरविल से क्या कहा; लेकिन यदि मानव व्यवहार पर इस असफलता के पड़नेवाले प्रभाव की बात करें तो इसके पश्चात् मानव लंबे समय तक फिर से उड़ान भरने के बारे में सोचता ही नहीं, संभवत: अगले सौ वर्षों तक नहीं।

रक्षक शैनूटे

इस नाजुक दौर में विलबर ब्रदर्स इस संपूर्ण परियोजना से ही पीछे हटने के बारे में सोच रहे थे। वे सोच रहे थे कि उन्होंने इस परियोजना को अपना बेहतर-से-बेहतर दिया और शायद उन्हें अपने इस शौक को छोड़ना पड़ रहा था; लेकिन डेटन लौटने के कुछ दिन बाद ही विलबर को ओक्टावे शैनूटे की ओर से एक पत्र मिला, जिसमें उन्हें शिकागो के वेस्टर्न सोसाइटी ऑफ इंजीनियर्स में वक्तव्य देने के लिए उनकी इच्छा के बारे में पूछा गया था।

शैनूटे उन दोनों भाइयों की सभी गणनाओं और सिद्धांतों को न तो समझते थे और न ही उनके साथ सहमत थे; लेकिन वे उन दोनों युवा भाइयों का बहुत अधिक सम्मान करते थे। वेस्टर्न सोसाइटी ऑफ इंजीनियर्स व्यापक तौर पर ऐसे लोगों से बना हुआ था, जो स्वयं अपने बूते पर बने लोगों, जैसे शैनूटे, जो प्रतिभावान् और मेहनती थे, का स्वागत करते थे। किटी हॉक में किए गए अपने प्रयोगों से परेशान और उन प्रयोगों में मिली असफलता से हतोत्साहित विलबर शैनूटे को मना करने के लिए तैयार थे, लेकिन उनकी छोटी बहन कैथरिन ने उन्हें ऐसा करने से रोका। उन्होंने कहा कि यह पीछे हटने का समय नहीं है। उन्होंने और ऑरविल ने मिलकर विलबर को शैनूटे से मिले

निमंत्रण को स्वीकार करने के लिए तैयार किया। उन्होंने विलबर को उनकी शैली, व्यक्तित्व एवं अपना सबसे बेहतर देने की ओर ध्यान देने के लिए भी तैयार किया, जिसकी परवाह विलबर ने कभी नहीं की और एक बड़े मंच पर अपने विचारों को रखने के लिए सँवारा। इस वक्तव्य को उन्होंने सन् 1901 के सितंबर माह के अंत में दिया।

अब तक विलबर और ऑरविल को यह चिंता भी सताने लगी थी कि संभवतः इस क्षेत्र में काम करनेवाले अन्य लोग उनके ज्ञान को चुरा न लें। लेकिन विलबर ने अपने इस वक्तव्य में उन सभी बातों का खुलासा किया, जिनका उन्हें सामना करना पड़ा था, जिसमें उनकी सफलताएँ व असफलताएँ भी शामिल थीं, जो उनके समक्ष आई थीं।

> एक ग्लाइडिंग या उड़नेवाली मशीन को संतुलित करना सैद्धांतिक तौर पर साधारण प्रतीत होता है। यह महज दबाव के केंद्र का गुरुत्वाकर्षण के केंद्र का एक साथ एक ही स्थान पर होने के कारण संभव होता है। लेकिन जब व्यावहारिक तौर पर इसका अभ्यास किया जाता है तो यह असीम असंगतियों के रोष का सामना करने के समान ही प्रतीत होता है, जो इस कार्य को एक पल भी शांतिपूर्वक होने से रोकती है, अतः चालक, जो इस परिस्थिति में शांतिपूर्वक इस कार्य को पूरा करनेवाले की भूमिका निभा रहा होता है, प्रायः इन दोनों को एक साथ लाने के अपने प्रयासों के दौरान कई बार घायल हो जाता है।[20]

विलबर के इस वक्तव्य का एक भी बिंदु वहाँ उपस्थित किसी भी श्रोता से नहीं चूका। सबने उनकी बातों को ध्यानपूर्वक सुना। विलबर एक ग्लाइडर के चालक को दबाव और गुरुत्वाकर्षण के बीच शांति स्थापित करनेवाले व्यक्ति के तौर पर प्रस्तुत कर रहे थे; जबकि स्मिथसोनियन के द्वारा इस विषय पर किए गए अधिकतर कार्य, जिसे

प्रो. लैंगली के निर्देशन में किया गया था, में इस पर जोर दिया गया था कि चालक का पूरा ध्यान इंजन की शक्ति पर ही केंद्रित होता है। राइट ब्रदर्स की पद्धति काफी हद तक दिखावे से परे थी; लेकिन यह वास्तविक रूप से एक क्रांति लाने वाली थी। उन्होंने इस इस बात को प्रदर्शित करने के लिए (वे किस प्रकार से अपने इन विचारों तक पहुँचे) काफी जटिल गणितीय तालिका का प्रयोग किया। उनकी बातों से वहाँ उपस्थित लगभग सभी लोग प्रभावित हुए। विलबर ने वहाँ पर अपने और ऑरविल के द्वारा हवा को जाँचने के लिए अपनाए गए साहसिक तरीकों की भी विवेचना की—

> यदि मैं कागज के इस टुकड़े को उठाता हूँ, और इसे जमीन के समांतर रखता हूँ तो यह जल्दी ही गिर जाएगा। यह कभी सीधी स्थिति में शांत होकर नहीं टिक पाएगा। कागज का नाजुक टुकड़ा ऐसी ही प्रतिक्रिया करने के लिए बाध्य है। लेकिन यह प्रत्येक स्तर पर जाने-पहचाने औचित्य के नियमों का उल्लंघन करने, सबसे अनियमित तरीके से उस ओर मुड़ने हेतु जोर डालता है। यह एक अप्रशिक्षित घोड़े को काबू में करने की शैली के ही समान है।[21]

यह बिल्कुल सही था; लेकिन अब प्रश्न यह था कि इस घोड़े को राइट ब्रदर्स ने किस प्रकार प्रशिक्षित किया?

> हमें केवल उस समय इसकी सराहना करना सीखना था, जब हम इसकी नकल करने का प्रयास कर रहे होते थे। अब हमारे पास इस बिगड़े घोड़े की सवारी करना सीखने के दो तरीके थे—एक तो यह कि हम इस पर सवार हो जाएँ और वास्तविक अभ्यास के माध्यम से यह सीखें कि किस प्रकार से इसकी प्रत्येक गतिविधि व दाँव को सर्वश्रेष्ठ

तरीके से अपनाया जा सकता है और दूसरा तरीका यह कि बाड़े के बाहर बैठा जाए तथा इस जानवर को कुछ देर तक ध्यान से देखा जाए और फिर उसके बाद घोड़े को वहाँ से हटा दिया जाए और उस दौरान उसकी उछल-कूद से बचने के सबसे अच्छे तरीकों की खोज की जाए।[22]

यहाँ पर सन् 1908 में ओक्टावे शैनूटे की ली गई तसवीर प्रदर्शित की गई है। वे एक इंजीनियर होने के साथ ही विमानन के क्षेत्र में विकास की नींव डालनेवालों में से थे, जो पत्रों के माध्यम से निरंतर राइट ब्रदर्स के संपर्क में रहे। सन् 1890 के दौर में शैनूटे ने कई ग्लाइडर्स को प्रमाणित किया और अपनी पुस्तक 'प्रोग्रेस इन फ्लाइंग मशीन्स' के प्रकाशन के माध्यम से विमानन के क्षेत्र में लोगों की रुचि बनाने में सहायता की।

इसमें तनिक भी संदेह नहीं था कि राइट ब्रदर्स के द्वारा विमानन के लिए किन तरीकों का समर्थन किया जा रहा था। शैनूटे दोनों भाइयों से बहुत ही प्रसन्न थे और वे उनके साथ थे। विलबर को शिकागो में आकर वक्तव्य देने के उनके आमंत्रण ने राइट ब्रदर्स को एक बार फिर अपने मिशन में पूरी तन्मयता से जुटने के लिए प्रेरित किया; लेकिन अब भी वे अकेले ही काम करते रहे। वे नहीं चाहते थे कि कोई अन्य उनकी वर्षों की कड़ी मेहनत के बाद प्राप्त होनेवाले मीठे फल में भागीदार बने।

□

किटी हॉक-3

सन् 1901 और 1902 की सर्दियाँ राइटस ब्रदर्स के लिए विशेष तौर पर काफी व्यस्त करनेवाली थी। निराशा का स्वाद चखने के बाद उन्होंने अपना सारा ध्यान अपनी स्वयं की गणितीय तालिकाओं का विकास करने की ओर केंद्रित कर दिया। सन् 1901 में किए गए प्रयोग वर्ष 1900 में किए गए प्रयोगों की अपेक्षा वास्तव में निराशाजनक थे। दोनों भाई इस बात पर विश्वास नहीं कर पा रहे थे। सन् 1901 में बनाया गया उनका ग्लाइडर 1900 में बनाए गए ग्लाइडर के मुकाबले काफी कमजोर था, क्योंकि उन्होंने स्वयं उसको डिजाइन, काटा और जोड़ा था। इसलिए जिन दिनों में विलबर शिकागो इंजीनियर्स में अपना वक्तव्य दे रहे थे, उन्होंने तय किया कि निस्संदेह ही समस्या पहलेवाली उत्साही उड़ान की गणितीय गणनाओं में ही निहित है। संपूर्ण वैज्ञानिक समुदाय में ओटो लियेनथाल की तालिका को सम्मानजनक दृष्टि से देखा जाता था, लेकिन विलबर और ऑरविल ने स्वयं अपनी तालिका का निर्माण करने का निश्चय किया।

शीघ्र ही वे दुनिया की पहली पवन सुरंग का निर्माण करने की ओर अग्रसर हो गए। साइकिल का व्यवसाय अब भी उनकी जीविका का साधन था और दोनों भाइयों ने अपनी साइकिल के हैंडल के ऊपर एक परिपत्र परीक्षण किट लगा दी। डेटान के आसपास साइकिल की

सवारी करते हुए विलबर और ऑरविल ने पवन शक्ति के हस्तक्षेप एवं परिपत्र गति परीक्षक को पेश की गई परिपत्र गति प्रतिरोधक की राशि की गणना की। यह बहुत ही अनोखा कार्य था। कोई इसकी कल्पना भी नहीं कर सकता था कि राइट ब्रदर्स वही काम कर रहे थे, जो लैंगली या अन्य महान् आविष्कारक उस समय कर रहे थे; लेकिन विलबर और ऑरविल ने उस समय उनसे भी अधिक स्थायी पवन सुरंग का निर्माण किया, जिसे उनकी साइकिल की दुकान में रखा गया था।

अब वे जिस खोज में लगे हुए थे, वह एक समीकरण, जिसे पी टैंग ए/पी90 के द्वारा अभिव्यक्त किया जाता था, का मूल्य थी। यह सूत्र एक वक्री सतह की हवा के कोण पर ऊपर उठने की शक्ति का निर्धारण करता था। जहाज के नाविक इस सूत्र के बारे में सदियों से जानते थे; लेकिन वे कभी इतने विकसित नहीं हुए कि वे इसका परीक्षण कर सकें। विलबर ने इसके परिणामों की रिपोर्ट अक्तूबर माह में शैनूटे को दी—''अब मैं इस बात को लेकर पूरी तरह से आश्वस्त हूँ कि लियेनथाल की तालिका में काफी गंभीर गलतियाँ हैं, लेकिन वे गलतियाँ उतनी बड़ी नहीं हैं जितना कि पहले मैंने उनके बारे में अनुमान लगाया गया था।'' 23 नवंबर में विलबर ने शैनूटे को पत्र लिखते हुए लियेनथाल के विचारों और गणनाओं में गलतियों के बारे में बताया। उन्होंने लियेनथाल की गणनाओं के बारे में विस्तार से बताया—

> ''लियेनथाल विमान के बारे में बहुत गलत सोच बनाए हुए थे। उन्होंने इसकी लिफ्टिंग शक्ति को बहुत ही कम और इसके बहाव को बहुत अधिक बढ़ा-चढ़ाकर बताया और इसलिए यह एक विमान में स्पर्श रेखा खोजने की मूर्खता में गिर जाता है...यद्यपि, संपूर्ण रूप से, उनकी गलतियाँ उनके सत्य की तुलना में बहुत छोटी हैं, उनकी पुस्तक को निश्चित तौर पर एक व्यक्ति द्वारा अकेले किया गया सर्वोत्तम प्रयास माना जाएगा।''[24]

उस समय तक विलबर और ऑरविल को अपने क्षेत्र का विशेषज्ञ होने का दर्जा प्राप्त हो चुका था। उन्होंने अपने प्रतिदिन किए जानेवाले प्रयोगों के माध्यम से इस विषय के बारे में लियेनथाल से भी अधिक जानकारी प्राप्त कर ली थी और उन्होंने सही अनुमान लगाया था कि वे अन्य सभी लोगों से काफी आगे निकल चुके थे। राइट ब्रदर्स पर आत्मविश्वासी होने का आरोप तो लगाया जा सकता था, लेकिन उनके विषय में यह कभी नहीं कहा जा सकता था कि वे अहंकारी हैं। उन्होंने कभी कोई ऐसी जानकारी प्रस्तुत नहीं की, जिसे वे अपने चाट्र्स और तालिकाओं के माध्यम से सिद्ध न कर सकें—और शायद यह विज्ञान के इतिहास के लिए सौभाग्य की बात थी कि इस क्षेत्र के विशेषज्ञों को राइट ब्रदर्स के द्वारा किए जानेवाले सभी कार्यों की जानकारी नहीं थी। वे सहज रूप से प्रतिभावान् थे और छोटी-से-छोटी जानकारी पर पूरा ध्यान देने की उनकी आदत संभवत: तकनीकी जर्नलों में निरंतर बहस का विषय बनी रही, जो कि आधुनिक दृष्टिकोण से बिना किसी संदेह के समय की बरबादी माना जाता है।

सन् 1902 की गरमियों में जब राइट ब्रदर्स ने किटी हॉक का रुख किया तो उन्होंने अपना घर पहले से अधिक आत्मविश्वास के साथ छोड़ा। उनकी साइकिल की दुकान चार्ल्स टेलर के काबिल हाथों में थी, जबकि घर की जिम्मेदारी कैथरिन के हाथों में थी और उनके सभी काम इस प्रकार से व्यवस्थित हो चुके थे कि वे उत्तरी कोरोलिना में तीन माह का समय अपने प्रयोगों को करते हुए व्यतीत कर सके। दोनों भाइयों को इस बार भी किटी हॉक पहले की भाँति ही दिखा। वहाँ के स्थानीय लोग हर बार की तरह ही उनके प्रयोगों को लेकर उत्सुक थे; लेकिन अब वे इसके लिए आश्वस्त नहीं दिख रहे थे कि राइट ब्रदर्स उड़ान भरने में सफल हो जाएँगे। वहाँ पर कोई समाचार-पत्र या पत्रकार नहीं था और ऐसे बहुत ही कम लोग थे, जो राइट ब्रदर्स के काम में बाधा उत्पन्न करते।

1902 का ग्लाइडर

इससे पूर्व यहाँ पर दो ग्लाइडर सन् 1900 और 1901 का उड़ान भर चुके थे। दूसरा ग्लाइडर कई मायनों में पहलेवाले ग्लाइडर का संशोधित रूप था, लेकिन सन् 1902 का ग्लाइडर पिछलेवालों से काफी भिन्न था। सर्वप्रथम राइट ब्रदर्स ने इसमें एक पंखे या पूँछ को क्राफ्ट का साथ देने के लिए डिजाइन किया। उस समय तक राइट्स के ग्लाइडर में अग्रभाग को भी सम्मिलित किया गया था, जिसे लिफ्ट कहा जाता था; लेकिन उसके पीछे कुछ नहीं था। अपने पवन सुरंग के प्रयोगों के माध्यम से उन्होंने यह महसूस किया था कि क्राफ्ट को स्थिर और सही मार्ग पर चलाने में सहायता के लिए पीछे किसी चीज की आवश्यकता है। निस्संदेह ही उन्हें किसी ऐसी चीज की आवश्यकता थी, जो बहुत ही हलकी हो। अतः उन्होंने एक क्षैतिज आकार वाली पतवार का निर्माण किया, जो हिलती-डुलती नहीं थी, बल्कि अपने स्थान पर स्थिर थी।

राइट ब्रदर्स अगस्त के महीने में किटी हॉक पहुँचे। वे उसी समय अपने प्रयोगों को करना आरंभ नहीं कर सकते थे, क्योंकि वे चाहते थे कि वे पहले से अधिक आरामदायक वातावरण में अपना काम करें। एक कुआँ खोद दिया गया था, केबिन का और भी अधिक विस्तार कर दिया गया था और प्राचीन रूपवाले एक हवाई जहाज हैंगर का निर्माण किया गया। इन सभी कार्यों के बावजूद राइट ब्रदर्स सितंबर माह से पूर्व अपने प्रयोगों को करने के लिए तैयार नहीं थे।

उस समय तक उन्होंने एक प्रणाली स्थापित कर ली थी, जिससे कि उन्हें स्थानीय लोगों से मदद मिल सके। ग्लाइडिंग के लिए दिन का समय उपयुक्त था, वे दोनों भाई एक प्रकार का झंडा फहराते, जिससे कि किटी हॉक या अमेरिकी जीवन-रक्षक स्टेशन से कुछ लोग उनके पास आ जाते। ये लोग रेतीले टीलों से ग्लाइडर को ऊपर उठाने में उनकी मदद करते और फिर उसके साथ-साथ दौड़ लगाते। व्यावहारिक तौर

पर उन्होंने उस समय ग्लाइडर को उस समय तक के लिए उठाया होता था, जब तक उसको छोड़ने का समय नहीं आ जाता था। उस समय तक हर कोई हवा पर ही निर्भर करता था।

उड़ान भरने के तत्त्वों को समझना

ऐसा कहा जा सकता है कि सन् 1902 तक राइट ब्रदर्स उड़ान भरने के सभी नहीं तो कम-से-कम अधिकतर पहलुओं के बारे में अवश्य जानकारी प्राप्त कर चुके थे। अन्य प्रयोगकर्ता व सिद्धांतकार उनके निकट अवश्य आ चुके थे; लेकिन उनमें से कोई भी सिद्धांतों और प्रयोगों को एक साथ मिलाने में सफल नहीं हो पाया था।

राइट ब्रदर्स अब समझ चुके थे कि लिफ्ट का अर्थ क्राफ्ट के पंखों पर हवा के द्वारा ऊपर उठाने के लिए लगाया गया बल है। वे जान चुके थे कि उनके नए ग्लाइडर को लिफ्ट पर अधिक जोर देना होगा और ड्रैग की मात्रा को कम करना होगा। ड्रैग का अर्थ पंखों के ऊपर हवा के द्वारा नीचे की ओर दिया जानेवाला दबाव। आवश्यक तौर पर जो भी चीज उड़ती है, चाहे वह कोई पक्षी हो या मोड़ा गया कागज का टुकड़ा, उसमें संदिग्ध ढंग से लिफ्ट और ड्रैग के बल के बीच संतुलन बैठाया गया होता है। पहलेवाले का अधिकांश और क्राफ्ट को बहुत तेजी के साथ घुमाने पर नियंत्रण रखते हुए बढ़ना होता है। ड्रैग का बहुत अधिक होना भी नुकसानदायक होता है, क्योंकि यह क्राफ्ट को तेजी से नीचे की ओर ले आता है और आम तौर पर यह क्राफ्ट के किनारों पर हवा के करंट को पूरी तरह से खोल देते, जिससे कि इनके पलटने का खतरा बहुत अधिक बढ़ जाता।

इसके अलावा और भी अन्य अवयव थे; जो उड़ान को प्रभावित करते थे; लेकिन यहाँ पर यह आवश्यक था कि पंखों की लंबाई व चौड़ाई और क्राफ्ट के मध्य भाग के साथ उनके अनुपात पर ध्यान केंद्रित किया जाए। स्वयं अपने गणितीय समीकरणों का निर्माण कर

राइट ब्रदर्स अपने क्राफ्ट को आकार देने हेतु अधिक आश्वस्त हो गए थे, जिसमें उन्होंने पंखों को 12 डिग्री के कोण पर स्थित किया था। यहाँ पर बताया जा चुका है कि वे अपने क्राफ्ट को किटी हॉक में उड़ाने जा रहे थे, जहाँ की हवा अन्य स्थानों से बिल्कुल भिन्न थी। उन्होंने अपने क्राफ्ट के पंखों के किनारों को नीचे की ओर मोड़कर रखा। यह रेतीले टीलों पर बहुत ही कारगर साबित हुआ; लेकिन यह अन्य स्थानों पर समस्या खड़ी करते।

इन सभी बातों से एक प्रश्न उभरता है—क्यों कोई व्यक्ति इन समस्याओं पर दर्जनों ग्लाइडरों का निर्माण किए काम कर सकता था? लियानार्डो दा विंची, शायद, साधारण पुरुषों और स्त्रियों को अपने सिद्धांतों की जाँच करने के लिए प्रयोग करना पड़ता।

राइट ब्रदर्स जब सन् 1902 में किटी हॉक वापस लौटे तो उन्होंने निश्चय किया कि वे अपने कैंप को अपने ग्लाइडर को रखने हेतु एक हैंगर (जिसकी तसवीर यहाँ दिखाई गई है) का निर्माण कर विस्तारित करेंगे। इसके अतिरिक्त, उन्होंने एक कुआँ भी खोदा और अपने केबिनों को भी बड़ा किया।

राइट ब्रदर्स को कई असफलताओं का हरजाना भी भरना पड़ा, विशेष तौर पर ऑरविल को एक बार मौत के निकट पहुँचने का अनुभव हुआ। कुछ समय बाद और फिर क्राफ्ट गलत दिशा में मुड़ गया, जिसका परिणाम यह हुआ कि क्राफ्ट ने ऑरविल को रेतीली भूमि पर पटक दिया। उड़ान भरने के दौरान विलबर भी कई बार गिरे, लेकिन सन् 1902 से ली गई अधिकतर तसवीरों में विलबर को उड़ते हुए ही देखा गया है। उनको जमीन से 40 फीट ऊपर उड़ता हुआ देखा गया। लगभग एक शताब्दी के बाद भी ये तसवीरें सभी देखनेवालों को अपनी ओर आकर्षित कर लेती हैं। उन ग्लाइडरों में कुछ तो जादुई सुंदरता थी और विलबर को उड़ते हुए देखकर ऐसा लगता है जैसे उनका जन्म उड़ान भरने के लिए ही हुआ है। शायद यह सत्य था।

निस्संदेह ही उनके आगे अनगिनत समस्याएँ थीं। क्राफ्ट को अद्‌भुत ढंग से तैयार किया गया था; लेकिन यह अन्य कई ग्लाइडरों से कुछ बातों, जैसे नीचे गिरना और उतरते समय मात भी खा जाता था—और समय पर इसको मरम्मत की भी आवश्यकता पड़ती थी। इसमें ग्लाइडर को सदैव उठाए रखने से चालक के थकने की भी गंभीर समस्या थी। चालक के लिए उन रेतीले टीलों के ऊपर ग्लाइडर को उठाए रखना काफी थकानेवाला काम था। ऐसा प्रतीत होता था कि राइट ब्रदर्स के अतिरिक्त अन्य सभी थक जाते थे। थकान से चकनाचूर होने के बावजूद एक कारण, जिसने उन्हें इस काम में लगाए रखा, वह था ज्ञान, जिसे अर्जित करने के लिए वे हमेशा रविवार को काम से अवकाश लेते। उन भाइयों ने काफी समय पूर्व अपने पिता से वादा किया था कि वे हमेशा रविवार के दिन को आराम करने के दिन की तरह समझेंगे।

थकान और आँसुओं से निपटने के साथ ही उनके लिए नया

विस्तार या पंख भी समस्या का कारण बन रहे थे। झूले में लेटकर अब चालक को एक साथ तीन तारों—एक दाएँ पंख के लिए, एक अन्य अपने बाएँ के लिए और तीसरी अपनी पूँछ के लिए—को खींचना या छोड़ना होता था। इस समस्या का समाधान विमानन के एक समर्थक और राइट्स के मित्र डॉ. जॉर्ज स्पैरेट से प्राप्त हुआ। एक रात वे और ऑरविल देर रात तक बातें कर रहे थे और उन दोनों ने यह तय किया कि वे तारों को फिक्स करेंगे, जिससे कि चालक को केवल लिफ्ट को व्यवस्थित और तंत्र प्रणाली को मोड़ने का काम करना हो। पूँछ को सीधे तौर पर मोड़नेवाली तार में जोड़ना होगा। बातचीत में तो यह व्यवस्था बिल्कुल सामान्य सी प्रतीत हो रही थी; लेकिन राइट ब्रदर्स के पास मदद करने के लिए—कभी-कभी जॉर्ज स्पैरेट की मदद के अतिरिक्त—ऐसा कोई नहीं था, जो उनका मार्गदर्शन कर सके। इन सबके बावजूद वे किसी अन्य व्यक्ति के मुकाबले अधिक सफलता प्राप्त कर रहे थे। उनके संपूर्ण प्रयोगों के दौरान लैंगली और उनके बीच हो रही प्रतियोगिता ने उन्हें आगे बढ़ने के लिए प्रेरित किया। वे इसके बारे में बहुत ही कम बात किया करते थे, लेकिन विलबर और ऑरविल जितना हो सके, अधिक तीव्रता के साथ आगे बढ़ने की प्रेरणा अवश्य पा रहे थे। 10 अक्तूबर, 1902 को एक बड़ी सफलता का दिन भी आया।

> दिन बहुत ही शांत वातावरण के साथ आरंभ हुआ। दिन के आगे बढ़ते ही सुबह 7 बजे उत्तर-पूर्व से आनेवाली हवाएँ बढ़ते दिन के साथ और भी अधिक शक्तिशाली होती गईं। हम मशीन को छोटे से टीले पर ले गए, जहाँ पर हमने थोड़ा समय अभ्यास में व्यतीत किया। वहाँ पर लॉरिन (राइट) ने विल की ग्लाइडिंग करते हुए तसवीरें लीं। इन दो ग्लाइडिंग में वे हवा में ऊँचाई पर एक स्थान पर रुके,

एक पंख के सहारे मुड़े और सीधे मशीन के किनारे से आती हवा के झोंके के साथ जमीन पर वापस आ गए।[25]

राइट ब्रदर्स, जिन्होंने उड़ान संबंधी अपने प्रयोगों का खर्च स्वयं वहन किया, से भिन्न सैमुअल प्रियरेपांट लैंगली को अमेरिकी सरकार से हवाई जहाज को विकसित करने के लिए वित्तीय सहायता प्राप्त हुई। हालाँकि लैंगली के द्वारा जो नमूना तैयार किया गया, उसने उड़ान तो भरी, लेकिन वे मानव-युक्त उड़ान को आकाश की सैर करवा जमीन पर नहीं उतार सके।

विलबर ने दिन के सबसे अधिक समय तक आकाश में 280 फीट पर उड़ने का रिकॉर्ड बनाया। जिन लोगों ने विलबर के इस कारनामे को देखा, वे भी यह नहीं समझ पाए थे कि यह कितना महत्त्वपूर्ण था। राइट्स क्राफ्ट को संतुलित करने तथा सीधा उड़ाने में महारत हासिल कर चुके थे। अब उनकी मशीन में कुछ कमी थी तो वह केवल एक मोटर की थी।

लैंगली का राइट्स से संपर्क करना

सन् 1902 की शरद् ऋतु में सैमुअल लैंगली छह वर्षों से प्रयोग कर रहे थे। उन्हें अमेरिकी सरकार से कुल 50,000 डॉलर की राशि प्राप्त हुई, लेकिन सन् 1902 से पैसा बंद हो गया। अलेक्जेंडर ग्राहम बेल ने उदारतापूर्वक अपना योगदान दिया। इसके साथ लैंगली अपने निजी धन का उपयोग प्रयोगों के लिए करने लगे; लेकिन ऐसा प्रतीत हो रहा था जैसे वे सफलता से कोसों दूर हों। उनकी शक्तिशाली मोटर का निर्माण न्यूयॉर्क शहर में हुआ। वह उस वर्ष तक परीक्षण के लिए तैयार नहीं थी।

अब शरद् ऋतु में लैंगली को महसूस हुआ कि शायद राइट्स पहली उड़ान का गौरव प्राप्त कर लें। वे उनसे कभी नहीं मिले थे और न ही उन्होंने उनके काम का कोई नमूना देखा था; लेकिन वे ओक्टावे शैनूटे के साथ निरंतर संपर्क में थे। नवंबर माह के आरंभ में लैंगली ने किटी हॉक में टेलीग्राम भेजा। इस टेलीग्राम में उन्होंने राइट ब्रदर्स से पूछा कि क्या वे उनके कैंप में मिलने आ सकते हैं? यदि ऐसा संभव नहीं हो तो क्या वे अपनी घर वापसी की यात्रा के दौरान वाशिंगटन डी.सी. में उनसे मिल सकते हैं?

शैनूटे को लिखे अपने पत्र में विलबर ने अपने उत्तर के बारे में लिखा कि ''हमने उत्तर दिया कि ऐसा शायद ही संभव हो, क्योंकि

हमारा इरादा कुछ ही दिनों में अपने कैंप को नष्ट करने का है। उन्होंने पोटोमैक में किए गए अपने प्रयोगों के बारे में कोई बात नहीं की।''[26] इस समय तक राइट ब्रदर्स अपनी उड़ान के मिशन को पूरा करने के बिल्कुल करीब पहुँच चुके थे। वे अपने इस रहस्य को किसी के समक्ष भी खोलना नहीं चाहते थे।

□

चमत्कारिक पल

ऑरविल ने जब अपनी बहन कैथरिन को पत्र लिखा तो वह बढ़ा-चढ़ाकर नहीं लिख रहे थे—"अब सारे रिकॉर्ड हमारे ही नाम पर है!...हवा में सबसे अधिक देर तक रहना, उतरने का सबसे छोटा कोण और सबसे ऊँची हवा!!!"[27]

अब उनके पास कुछ कमी थी तो केवल एक मोटर की। डेटन वापस आकर राइट ब्रदर्स ने आसपास के बड़े व प्रमुख कारीगरों से संपर्क किया। उन्होंने सोचा कि वे अपनी आवश्यकता को पूरा करने के लिए आसानी से एक शक्तिशाली मोटर खरीद लेंगे; लेकिन शीघ्र ही पता चल गया कि इसके लिए उन्हें कोई और मार्ग तलाशना होगा। वैसे तो मोटरों का निर्माण पूरे संयुक्त राष्ट्र में होता था, लेकिन इस उद्देश्य के लिए नहीं। अधिकतर मोटरों का निर्माण करनेवाले विशेषज्ञ ऑटोमोबाइल इंजनों का निर्माण करने के कार्य में लगे हुए थे। वे सभी इतने बड़े और भारी होते थे कि उनको ग्लाइडर में लगाने के विषय में नहीं सोचा जा सकता था। अंतत: राइट ब्रदर्स ने इसे प्राप्त करने के लिए किसी अन्य स्रोत को तलाशने का निश्चय किया। वैसे तो राइट ब्रदर्स स्वयं भी मोटर का निर्माण कर सकते थे, लेकिन उनके पास जो समय था, उसमें उनके लिए स्वयं मोटर का निर्माण करना संभव नहीं था और धातु के बजाय लकड़ी में अधिक महारत थी। इसलिए उनके लिए यह उपयुक्त था कि

वे चार्ली टेलर को विश्व के पहले उड़नेवाले इंजन का निर्माण करने के लिए नियुक्त करें।

सन् 1903 में चार्ली टेलर ने पहली बार चार सिलेंडरनुमा इंजन एक विमान के लिए डिजाइन किया। यह आश्चर्य की बात है कि टेलर केवल छह सप्ताह में अपना एल्युमोनियम, ठंडे पानी का इंजन तैयार करने में सक्षम थे।

सन् 1868 में चार्ली टेलर का जन्म इलिनॉइस के एक फार्म में हुआ। वे विलबर से एक वर्ष छोटे थे और ऑरविल से तीन वर्ष बड़े थे। ऐसा लगता है जैसे उनके भाग्य में किसान बनना ही लिखा था; लेकिन परिस्थितियों ने उन्हें किसी और दिशा में धकेल दिया। सन् 1902 तक वे एक मेकैनिक बन चुके थे और डेटन में रहते थे। राइट ब्रदर्स ने उनको सन् 1901 में अपनी साइकिल की दुकान को अपनी अनुपस्थिति में चलाने के लिए नियुक्त किया और उन्होंने देखा कि वे

एक बहुत ही अच्छे कारीगर होने के साथ ही नियमित तौर पर काम करनेवाले एवं विश्वसनीय भी हैं, इसलिए उन्होंने उन्हें सन् 1903 में उड़ान के लिए एक मोटर का निर्माण करने के लिए नियुक्त किया।

उनके पास मोटर के लिए कोई विशेष डिजाइन नहीं थे। विलबर ने केवल साधारण शब्दों में उनको बताया कि वे क्या चाहते हैं। एक शक्तिशाली छोटी और विमान में फिट करने में सक्षम मोटर ही उनकी आवश्यकता थी। टेलर ने एक बड़े से स्टील के टुकड़े का इंतजाम किया, उसे काटना आरंभ किया और छह सप्ताह के भीतर ही उन्होंने डिजाइन तैयार किया तथा मोटर का निर्माण कर लिया। हालाँकि राइट ब्रदर्स की कहानी में चतुराई के अन्य सभी उदाहरणों में टेलर का तेजी से मोटर स्टैंड का निर्माण करना सबसे अधिक प्रभावशाली उदाहरण है।

लेकिन राइट ब्रदर्स के लिए केवल एक यही चिंता नहीं थी। उनको केवल मोटर को ही डिजाइन नहीं करना था, बल्कि इसके साथ-साथ उन्हें नोदक को भी डिजाइन करना था। एक बार फिर राइट ब्रदर्स यह अपेक्षा कर रहे थे कि कोई पहले ही इस समस्या को सुलझा चुका है। उनको केवल इतना पता करना है कि तैयार नोदक उनके विमानचालक के लिए पर्याप्त है या नहीं। उस समय के नोदक पानी में तो बहुत ही कारगर होते थे, जहाँ पर ये एक नाव को आगे की ओर बढ़ाने का काम करते थे; लेकिन इनको उड़ान भरने के लिए डिजाइन नहीं किया गया था, जहाँ पर नोदक को हवा के संपर्क में भी आना होता था।

एक बार फिर विलबर ने नेतृत्व की कमान अपने हाथों में सँभाली। उन्होंने लकड़ी के टुकड़े में से स्वयं अपना नोदक काटा और उसको डिजाइन किया। इस जटिल कार्य के लिए उन्होंने साइकिल की दुकान में से केवल एक चक्र यंत्र का प्रयोग किया और सदा की तरह राइट ब्रदर्स के पास समय की बहुत कमी थी। वे जानते थे कि लैंगली ने

सन् 1903 के किसी समय में बहुत बड़े प्रदर्शन की तैयारी की है और अब उनके सामने विदेशों से भी प्रतिस्पर्धा का सामना करने की संभावना बन रही थी।

बड़बोले शैनूटे

शुरुआत से ही ओक्टावे शैनूटे का व्यवहार राइट ब्रदर्स के प्रति थोड़ा अजीब रहा। शैनूटे ने जब पहली बार राइट ब्रदर्स से संपर्क किया तो वे बहुत ही खुश हुए। उन्होंने दोनों भाइयों को कई महत्त्वपूर्ण जानकारियाँ भी दीं। लेकिन ऐसा नहीं लगता था कि शैनूटे इस बात को समझ रहे थे कि दोनों भाइयों के द्वारा किया जानेवाला यह आविष्कार विश्व में कितनी कड़ी क्रांति लाने वाला था। उन्होंने जिस समय राइट्स को पत्र लिखना आरंभ किया, वे उम्र के साठवें वर्ष के अंत में थे; लेकिन वे अब भी दुनिया भर में विज्ञान और तकनीक के समर्थन में उठनेवाली आवाजों में सबसे सम्मानजनक माने जाते थे। जब वे वक्तव्य देने के लिए पेरिस गए तो लोगों ने उनको बहुत ही ध्यान से सुना और अचानक ही फ्रेंच विमानचालक राइट ब्रदर्स की सफलता को जानने के लिए व्यथित हो उठे।

फ्रेंच ऐरो क्लब में बोलते हुए यह जतलाया कि राइट ब्रदर्स विलक्षण प्रतिभा-संपन्न हैं तो उसमें उनका भी योगदान है। "उन्होंने यह स्वीकार किया कि वे अब युवा नहीं रहे। अब वे (शैनूटे) युवा, प्रतिभावान् और साहसी शिष्यों को प्रशिक्षित करने के लिए कष्ट उठाते हैं, जो उनके शोध में अपने ग्लाइडिंग के अनुभवों को जोड़कर इस कार्य को अंत तक ले जाएँ।"[28]

राइट ब्रदर्स के साथ संबंधों को बिगाड़ने के लिए उनका यह वक्तव्य काफी था कि शैनूटे ने लोगों के सामने ऐसा जतलाया कि राइट ब्रदर्स उनके शिष्य हैं; लेकिन उन्होंने केवल इतना ही नहीं कहा, बल्कि सन् 1902 में राइट ब्रदर्स को मिली सफलता से जुड़े कुछ रहस्यों को भी

खोल दिया। उन्होंने पंखों के मुड़ने के सिद्धांत की व्याख्या की। उन्होंने यह भी बताया कि चालक किस प्रकार ग्लाइडर में खड़ा होने के बजाय, जैसा कि लियेनथाल ने किया था, लेटता है और उन्होंने व्यावहारिक तौर पर सन् 1903 के क्राफ्ट मॉडल का नमूना भी उपस्थित लोगों के समक्ष प्रस्तुत कर दिया।

यह आश्चर्यजनक बात थी कि पेरिस में शैनूटे के द्वारा दिए गए वक्तव्य के बाद भी शैनूटे और राइट ब्रदर्स का संबंध बना रहा। शायद उन दोनों भाइयों, जो एक गलती से उनके सामने बहुत अधिक विनम्र बने हुए थे, ने सोचा कि उस बुजुर्ग ने उनको गलत समझ लिया है। निस्संदेह ही उनका इरादा अपने रहस्यों को उजागर करने का नहीं था। कम-से-कम शैनूटे ने उनके परीक्षणों के स्थान का खुलासा नहीं किया था। उन्होंने केवल इतना कहा था कि वह एक रेतीला स्थान है और यह कि उन भाइयों ने अपने प्रयोगों के दौरान केवल एक जोड़ी फटी हुई पतलूनों से गुजारा किया। चूँकि वहाँ कोई उनके लिए प्रार्थना करनेवाला नहीं था, अब किटी हॉक और किल डेविजल हिल्स लौटने का समय था।

लाइंग मशीन

पिछले दो वर्षों के लिए विलबर और ऑरविल ने अपने अलग से दिखनेवाले क्राफ्ट को 'फ्लाइंग मशीन' का नाम दिया; लेकिन यह नाम केवल सन् 1903 के मॉडल के लिए ही सार्थक सिद्ध हुआ। उन्होंने अपने नए विमानचालक को अलग किया, उनको क्रेट में भरा और अगस्त 1903 में स्वयं के पहुँचने से पूर्व किटी हॉक भेज दिया। समय कम था—उसी माह में लैंगली ने अपनी फ्लाइंग मशीन को भी सबके समक्ष प्रस्तुत किया।

अगर राइट ब्रदर्स ने कुछ सहा तो लैंगली ने भी उनसे अधिक सहा। उन्होंने उड़ान के साथ अपने प्रयोगों की शुरुआत सन् 1890 के आसपास,

राइट ब्रदर्स से एक वर्ष पूर्व की। उन्होंने अपने पास उपलब्ध सभी प्रकार के संसाधनों, जिसमें स्मिथसोनियन संग्रहालय की कार्यशाला भी शामिल थी, का उपयोग किया। लेकिन सबकुछ एक बड़े परीक्षण में व्यर्थ सिद्ध हो गया। उन्हें अपने क्राफ्ट की शुरुआत दर्शकों के सामने करनी थी, जिससे कि अमेरिकी सरकार से उनको प्रयोगों के लिए अनुदान राशि मिल सके।

8 दिसंबर, 1903 को सैमुअल पियरेपांट लैंगली ने अपने दूसरे मानव-युक्त एयरक्राफ्ट की पोटोमक नदी में शुरुआत की। इसे लैंगली का दुर्भाग्य ही कहा जाएगा कि यह एयरक्राफ्ट शुरुआत के कुछ सेकंड के भीतर ही पानी में जा गिरा।

उन्होंने सन् 1903 के अंतिम महीनों में दो परीक्षण किए—एक अक्तूबर में और दूसरा दिसंबर में। उन्होंने जैसे ही अपने इंजनों को

हवा में भेजा तो उन शक्तिशाली इंजनों को देखकर ऐसा लगता था कि वे हवाई अड्डों को भी उठाकर फेंक देंगे; लेकिन कुछ सेकंड के बाद ही वे पोटोमक नदी में जाकर गिर गए। लैंगली के लिए यह बहुत ही निराशाजनक था। यह घटना उनके लिए प्रेस की प्रतिक्रिया के बाद और अधिक निराशाजनक बन गई। समाचार-पत्र—जैसे कि 'न्यूयॉर्क टाइम्स' ने इस प्रयास का मजाक उड़ाया और इस प्रकार व्यक्ति द्वारा उड़ान भरने के विचार को नकारनेवाली सोच को और भी समर्थन मिल गया। इस असफलता के बावजूद राइट ब्रदर्स ने अपने अंतिम प्रयोगों के सेट की शुरुआत की।

वर्ष 1903 की शरद् ऋतु

यह कार्य राइट ब्रदर्स के लिए बहुत ही चुनौतीपूर्ण था। एक बार फिर किटी हॉक में विलबर, ऑरविल एवं उनके दोस्त जॉर्ज स्पैट को अपने क्राफ्ट को जोड़ना और अपने केबिनों का भलीभाँति पुनर्निर्माण करना था। उन्हें कुछ अलग प्रकार की गरारी और मार्गों के साथ परीक्षण करना था, क्योंकि कुछ हद तक चक्कों, फिसलन के लिए चिकनाई लगाए बिना (जो कि लैंडिंग गियर का भाग थी) विमानचालक कभी जमीन से ऊपर नहीं उठ सकता था। दिन बीते, फिर महीने बीत गए।

लैंगली को मिली असफलता से सबक लेते हुए विलबर ने इस बात पर ध्यान दिया कि अब अगला नंबर राइट ब्रदर्स का है। यद्यपि मौसम उनके विरुद्ध हो गया था, पहले हवाएँ उनके लिए सजा बन गईं और फिर कड़ाके की ठंड ने उनका हाल बेहाल कर दिया। शैनूटे वहाँ अक्तूबर में आए और एक सप्ताह से कुछ अधिक समय वहाँ पर रुके। उनकी उम्र के लिहाज से वहाँ का मौसम उनके लिए कष्टदायक था। लेकिन राइट ब्रदर्स के संग बिताए थोड़े दिनों में ही ऐसा प्रतीत होने लगा जैसे शैनूटे ने उनकी योजनाओं पर पानी फेरने का काम किया।

एक निपुण इंजीनियर शैनूटे ने यह आशंका जाहिर की कि कदाचित् राइट ब्रदर्स ने अपने इंजन की शक्ति पर पूर्णरूप से विचार नहीं किया है। नोदक उसे खो देगा, जिससे विमान को आगे बढ़ाने हेतु लगनेवाले जोर में आवश्यकता से कम शक्ति प्रदान करेगा। शैनूटे ने कुछ ऐसा करने का फिर से प्रयास किया, जैसा प्रयास वे पहले भी कर चुके थे। उन्होंने इस तथ्य की परवाह किए बगैर कि राइट ब्रदर्स हमेशा अपने सभी कार्यों को अकेले ही करना पसंद करते हैं—और आगे भी अपने सभी कामों को अकेले ही करने का इरादा प्रकट कर चुके हैं, उन्होंने एक बार फिर राइट ब्रदर्स के सामने अपने अंतर्गत काम करने का प्रस्ताव रखा। उन्होंने यह प्रयास किया कि राइट ब्रदर्स अपना सारा ध्यान उस ग्लाइडर को उड़ाने में लगा सकें, जिसे उन्होंने शिकागो में डिजाइन किया था। ऑरविल़ ने शैनूटे के साथ अपने संबंधों में आई कड़वाहट के बारे में अपने घर लिखे पत्र में बताया—"ऐसा नहीं लगता कि वे यह मानते हैं कि हमारी मशीनें उससे भी कहीं अधिक शक्तिशाली हैं, जिस प्रकार से हम उनका उपयोग करते हैं। इस बारे में हमारे विचार उनसे बिल्कुल उलट हैं।"[29] राइट ब्रदर्स ने अपने लक्ष्य को प्राप्त करने के लिए जो भी गणनाएँ की थीं, पर चार्ली टेलर के द्वारा बनाए गए इंजन को लेकर वे पूरी तरह से आश्वस्त थे। उन्हें शैनूटे के वहाँ से प्रस्थान करने का तनिक भी अफसोस नहीं था; लेकिन इस मामले में वे उनकी उदारता से चौंके हुए भी थे। जैसे ही वे उत्तरी कोरोलिना के लिए निकले तो उन्होंने राइट ब्रदर्स के लिए सर्दियों में पहने जानेवाले दस्ताने खरीदे और उसे उनके पास भेजा, जो हमेशा की तरह उन्हें अपनी बेअदबी लगा।

शैनूटे से निपटने के अतिरिक्त राइट ब्रदर्स को और भी कई समस्याओं का सामना करना पड़ा। उनको कई यांत्रिकी असफलताओं को देखना पड़ा। दाँतों का ऑर्डर देना था। इंजन की समय-समय पर

मरम्मत करनी थी और स्किड प्रणाली में और सुधार करना था। एक के बाद दूसरे कार्यों को करना आवश्यक हो जाता था और देखते-देखते नवंबर माह का अंत आ गया। उसी समय एक नोदक की एक छड़ टूट गई और इसके लिए ऑरविल को कैंप छोड़कर जाना पड़ा। वहाँ से जल्दी से निकलते हुए ऑरविल डेटन जाने के लिए रेल में बैठे और जल्द ही वहाँ से अपनी वापसी के लिए भी फिर से रेल यात्रा आरंभ कर दी। वे 11 दिसंबर को वापस आए। किटी हॉक में बिताए अनुभवों में राइट ब्रदर्स का यह अनुभव पिछले सभी अनुभवों से सबसे अलग और नवीनतम था और वहाँ का मौसम भी अलग-अलग प्रकार से उन दोनों भाइयों की परीक्षा ले रहा था। रेत का तेज हवा के साथ उड़कर आँखों में पड़ने का खतरा लगातार बना रहता था और रात के समय कड़ाके की ठंड का मतलब था—अधिकतर समय पास में आग जलाए रखना। राइट ब्रदर्स आश्चर्यजनक रूप से वातावरण के हिसाब से ढलनेवाले व्यक्ति थे और वे अपनी खोज में दृढ़ इरादे के साथ लगे हुए थे। उनका पालन-पोषण अपनी कठोरता से साधारण लोगों को दहला देनेवाले पिता के द्वारा किया गया था। उनके पास शोक, निराशा और स्वयं पर तरस खाने के लिए समय नहीं था। वे सदैव ऊपर से मजबूत बने रहने का प्रदर्शन करते रहे।

13 दिसंबर रविवार के दिन ऑरविल की डायरी में जो प्रविष्टि की गई, वह उनके पालन-पोषण के राज को खोलने की सबसे महत्त्वपूर्ण कड़ी थी। "6 से 8 मील मीटर प्रति घंटा की रफ्तार से बढ़ती हवा, जो पहले पश्चिम और फिर उत्तर से बह रही है, गरम हवा, अधिकांश दिन पढ़ाई में ही व्यतीत हुआ। दोपहर में एल.एस. स्टेशन के श्रीमान ऐडरिच, जो अपनी पत्नी और बच्चों के साथ मशीन को देखने के लिए आए।"[30]

6 से 8 मीटर प्रतिघंटा की रफ्तार से बहनेवाली हवा उनके काम के लिए पूर्णरूप से उपयुक्त थी; लेकिन उन्होंने अपने पिता से वायदा किया था कि वे रविवार को भी काम नहीं करेंगे। हालाँकि वे सही पल

का इंतजार लंबे समय से कर रहे थे, लेकिन फिर भी इस दिन को उन्होंने आराम के लिए रखा था।

अंततः वह दिन आया। वह 17 दिसंबर, 1903 का दिन था, जब हवा बहुत शक्तिशाली थी, लेकिन बहुत अधिक तीव्र भी नहीं थी। एक बार फिर ऑरविल की डायरी ने इसका सर्वोकृष्ट विवरण प्रस्तुत किया—''जब हम उठे तो हवा 20 से 25 मील प्रति घंटा की रफ्तार से उत्तर की ओर से बह रही थी। हमने मशीन रोज के मुकाबले जल्दी निकाल ली और स्टेशन पर मौजूद लोगों को इसके लिए संकेत भेज दिए।''[31] जीवन-रक्षक स्टेशन से पाँच लोग और एक स्थानीय किशोर किटी डेविल हिल्स आए। बिल टेट, जिसने तीन वर्ष पूर्व सबसे पहले राइट ब्रदर्स का स्वागत किया था, उस सुबह सोते रहे; क्योंकि उनको विश्वास था कि राइट ब्रदर्स इतनी शक्तिशाली तीव्र गति से बहनेवाली हवाओं में उड़ने का प्रयास नहीं करेंगे।

इस बार राइट्स ने ढाल का प्रयोग नहीं किया। वे चाहते थे कि वे दुनिया के पहले ऐसे व्यक्ति बनें, जिन्होंने पहली बार बिना किसी सहायता के—विमान चालक की शक्ति का इस्तेमाल करते हुए—जमीनी सतह से आरंभ करते हुए आकाश में उड़ान भरी। एक प्रसिद्ध चित्र, शायद हवाई इतिहास का सबसे प्रसिद्ध चित्र, जिसमें दिखाया गया कि जिस पल विमानचालक जमीन से ऊपर उठा, विलबर चालक के दाईं ओर साथ-साथ दौड़ रहे थे। (उस समय ऑरविल क्राफ्ट के अंदर थे। वे उसे नियंत्रित कर रहे थे।) यहाँ पर चालक के अपने शब्दों में पहली उड़ान का अनुभव दिया गया है।

> मशीन लॉरी से इस प्रकार से ऊपर उठी जैसे यह चौथी रेल प्रवेश कर रही हो। श्री डेनियल ने ठीक उस समय इसकी तसवीर ली, जिस समय यह लॉरी से ऊपर उठी। मुझे आगे की पतवार को नियंत्रित करना यह देखते हुए बहुत ही कठिन

लगा कि वह केंद्र के बिल्कुल पास थी और इसलिए जब आरंभ किया जाता तो इसके पलटने की संभावना अधिक थी···समय लगभग 12 सेकंड।[32]

17 दिसंबर, 1903 को ऑरविल और विलबर राइट ने उत्तरी कोरोलिना के किटी हॉक में पहली मानव-युक्त उड़ान का आरंभ किया। सुबह 10:35 पर ऑरविल हवा में उड़े और उन्होंने 12 सेकंड का समय 120 फीट की ऊँचाई पर बिताया।

आगे का काम और विस्तार

विलबर और ऑरविल यह जानते थे कि उन्होंने यह कर दिखाया है। कष्टदायी परीक्षणों और गलतियों का फल उनको मिल चुका था। ऑरविल ने अपने ग्लाइडर को जमीन से ऊपर उठा दिया था। लेकिन वे इससे भी अधिक करना चाहते थे। वे जीवन–रक्षक स्टेशन के लोगों को

दिखाना चाहते थे कि उन्होंने कितनी महत्त्वपूर्ण उपलब्धि हासिल की है। वे चाहते थे कि वे लोग उनके इस कारनामे के साक्षी बनें।

दूसरी बार उड़ान का नियंत्रण विलबर ने अपने हाथों में लिया। उन्होंने करीब 175 फीट की ऊँचाई का फासला तय किया। उसके बाद तीसरी उड़ान की कमान ऑरविल ने एक बार फिर अपने हाथों में ली और इस बार वे अपने क्राफ्ट को पहले की सभी उड़ानों से अधिक ऊपर तक ले गए। फिर, ठीक उसी प्रकार लगभग 12 बजे विलबर अपनी दूसरी उड़ान भरने के लिए गए।

> ''मशीन ने पहले की भाँति ही ऊपर-नीचे होते हुए शुरुआत की, लेकिन जैसे ही वह तीन सौ या चार सौ फीट ऊपर पहुँची, चालक का नियंत्रण उस पर पहले से काफी बेहतर हो गया और वे बेहतर ढंग से यात्रा करने लगे। वे इसी प्रकार से उस समय तक उड़े, जब तक वे शुरुआती मार्ग से 800 फीट ऊपर छोटे से टीले पर नहीं पहुँच गए।''[33]

विलबर राइट ने कुल 59 सेकंड तक उड़ान भरी और 852 फीट की ऊँचाई तय की। उस पल या उस दिन के अगले दिन वे कैसा महसूस कर रहे थे, इसके बारे में जानने का कोई तरीका नहीं था। वे अवश्य ही गर्व से फूले नहीं समा रहे थे। लेकिन उनके इस स्वभाव में भी विनम्रता का भाव मौजूद था। उनके आसपास के सभी लोग भलीभाँति जानते थे कि इस स्थान पर पहुँचना कितना कठिन था। वे, सभी विमानचालक और भाविष्य के विमानचालक, यह भलीभाँति जानते थे कि यह एक बहुत लंबी यात्रा की मात्र शुरुआत है—एक ऐसी यात्रा की शुरुआत पुरुषों और महिलाओं को बड़ी आसानी से आकाश को नापने में सक्षम बनाने वाली है।

उस दोपहर को राइट ब्रदर्स यहीं नहीं रुके। विलबर की 59 सेकंड

की उड़ान के एक मिनट के बाद ही दूसरा विमान चालक, जो कि नीचे जमीन पर बैठा था, हवा के जोरदार झोंके से उलट गया। विलबर और जीवन-रक्षक स्टेशन से आए लोगों में से एक व्यक्ति ने मिलकर उन्हें बचाने का प्रयास किया; लेकिन कोई फायदा नहीं हुआ। वह शानदार क्राफ्ट, जिसने इनसान को आकाश की सैर करवाई, आखिरी बार उड़ा था।

उस रात ऑरविल ने अपने पिता को एक टेलीग्राम भेजा—'चार उड़ानों में सफलता, वीरवार की सुबह, सबकुछ—21 मील की हवा तक—खिलाफ था, इंजन स्तर के साथ अकेले शुरुआत की। हवा के माध्यम से औसतन गति 31 मील सबसे अधिकतम समय 59 सेकंड, प्रेस को सूचित करें, क्रिसमस पर घर वापसी।'[34]

वर्जीनिया के नोरफॉक में टेलीग्राफ के संचालक इस सूचना से इतने प्रभावित हुए कि उन्होंने इस खबर को सभी जगह फैला दिया। (यद्यपि राइट ब्रदर्स ने उन्हें ऐसा करने से मना किया था।) अगले कुछ दिनों में कई समाचार-पत्रों में इस घटना से संबंधित लेख छपे; लेकिन कोई भी उनके ओहाइयो के डेटन स्थित घर पर वापस नहीं आया। इस घटना पर स्थानीय समाचार-पत्रों के संपादकों की प्रतिक्रिया यह थी कि उन्होंने अपनी कुरसी पर पीठ टिकाते हुए कहा, "59 सेकंड? यदि यह 59 मिनट होता तो शायद यह एक खबर बनती।"[35] इस प्रकार से नकारना और उपेक्षा राइट ब्रदर्स के लिए काफी तकलीफदेह थी, जिससे उबरने में उन्हें वर्षों लगे।

□

प्रैरी

वास्तव में, कभी-कभी एक चित्र हजारों शब्दों से अधिक अभिव्यक्तियों का सबब बन जाता है। उत्तरी कोरोलिना के किटी हॉक के किल डेविल हिल्स में मिली शानदार सफलता के ठीक छह माह के पश्चात् सन् 1904 की वसंत में राइट ब्रदर्स अपने नए डिजाइन किए गए विमान के सामने खड़े थे। चित्र में विमान में बाहर की तरफ बहुत बड़ा हैंगर था, जिसका निर्माण राइट ब्रदर्स ने किया था और वह बिल्कुल समतल था। उसे देखकर ऐसा प्रतीत होता था कि राइट ब्रदर्स पिछले एक या दो वर्षों में काफी लंबा रास्ता तय कर चुके हैं। नोदक को साफ तौर पर देखा जा सकता था और उसका आकार काफी हद तक वैसा ही था, जिसे आज हम 'हवाई जहाज' के नाम से पुकारते हैं। (वैसे, इस शब्द की खोज तब तक नहीं की गई थी।)

चित्र में ऑरविल विमान के सामने अपने हाथों को मोड़े हुए झुके हुए थे। वे गंभीर दिख रहे थे, लेकिन उनके चेहरे पर उतनी गंभीरता नहीं थी जितनी कि उनके भाई विलबर के चेहरे पर थी। विलबर कैमरे के बगल में अपने बाएँ हाथ में रिंच के साथ खड़े थे। उनके कंधे थोड़े से झुके हुए थे, जो थकान की सबसे पहली निशानी माने जाते हैं; लेकिन उनकी शारीरिक सौष्ठवता उनके बारे में एक मजबूत गुण का प्रदर्शन कर रही थी। यही वह व्यक्ति था, जो आवश्यकता पड़ने पर सबकुछ

कर सकता है। यहाँ पर मेकैनिक चार्ली टेलर की उपस्थिति की कमी को चित्र में साफ तौर पर महसूस किया जा रहा था, जो संभवत: राइट साइकिल कंपनी में उपस्थित होकर या तो किसी ग्राहक की परेशानी को दूर कर रहे थे या सन् 1904 के विमान के लिए किसी अन्य धातु या लकड़ी के टुकड़े पर काम कर रहे थे।

दिसंबर 1903 में इतिहास रचने के बाद विलबर एवं ऑरविल राइट अपने विमान को और भी संपूर्णता देने के कार्य में लग गए। इसी क्रम में उन्होंने सन् 1904 की वसंत ऋतु में एक नए विमान का निर्माण किया। यहाँ पर ऑरविल अपने नए विमान के सामने थोड़ा झुककर खड़े हैं, जबकि विलबर रिंच हाथ में लिये कैमरे की बगल में खड़े हैं।

बिना स मान के ईश्वर दूत

विलबर और ऑरविल यह नहीं चाहते थे कि संसार उनकी उपलब्धि

के बारे में अभी जाने; लेकिन वे फिर भी अमेरिकन प्रेस के व्यवहार को देखकर बहुत ही आश्चर्यचकित थे। नोरफॉक टेलीग्राफ के संचालक ने उनकी अवमानना की शुरुआत ऑरविल के प्रचलित टेलीग्राम को अन्य समाचार-पत्रों को लीक करके कर दी थी; लेकिन आमतौर पर प्रेस के द्वारा इसके प्रति लापरवाही दिखाई गई।

इस प्रतिक्रिया से दो बातों का खुलासा हुआ—एक, अमेरिकी समाचार-पत्र के लोगों को उड़ान भरने की कहानियाँ उबाऊ लगने लगी थीं। लैंगली द्वारा विमान उड़ाने में मिली बहुत बड़ी असफलता ने उन्हें अस्थायी रूप से उनका मन इस विचार के प्रति खट्टा कर दिया था कि मानव-युक्त विमान द्वारा उड़ान भरना संभव है। दूसरा, जो उतनी ही महत्त्वपूर्ण हैं। खबरों की दुनिया से जुड़े लोग वास्तव में इस बात को समझ नहीं पाए थे कि राइट ब्रदर्स ने क्या किया है और वे क्या कर रहे हैं। उन दिनों बहुत ही कम लोगों को विज्ञान की व्यापक स्तर पर जानकारी होती थी। खबरों से जुड़े बहुत से लोगों ने शायद विलबर और ऑरविल के दावे को समझने में गलती कर दी। उन्होंने यह दावा किया कि उन्होंने 59 सेकंड की उड़ान गुब्बारे जैसी एक चीज में बैठकर भरी है। यदि यह मामला था तो 59 सेकंड का समय वास्तव में अखबार में छापने योग्य नहीं था।

हालाँकि प्रेस की अनदेखी और बेखबरी के फायदे भी थे। उन सर्दियों में राइट ब्रदर्स और चार्ली टेलर ने कड़ी मेहनत की। उन्होंने एक नए विमान का विकास किया और उसका परीक्षण करने के लिए एक नए स्थान पर गए। किटी हॉक में वापस जाने का प्रश्न ही नहीं था। यद्यपि दोनों भाइयों को वह क्षेत्र बहुत पसंद था, वह बहुत दूर था। उनके पास सामग्रियों को मरम्मत के लिए वहाँ से डेटन भेजने में लगनेवाला समय बरबाद करने के लिए नहीं था। उन्हें टेलर को अपने साथ रखना था, जिससे कि वे निर्माण कर सकें , उसे फिक्स कर सकें और अपनी

उड़नेवाली मशीन के सभी टुकड़ों को ठीक प्रकार से जोड़ सकें। इसके साथ ही उन्होंने यह भी महसूस किया कि किटी हॉक की रेत उनके इंजन के लिए नुकसानदायक हो सकती है। इसलिए उन्होंने अपने स्थानीय क्षेत्रों पर नजर डाली और एक घास-युक्त क्षेत्र जिसे—'हफमैन प्रैरी' कहा जाता था, जो डेटन से 8 मील की दूरी पर था—को अपने काम के लिए तय किया।

ऑरविल उस क्षेत्र को जानते थे। वे वहाँ पर अपने हाई स्कूल के दिनों में स्कूल की ओर से घूमने के लिए गए थे। उनकी तरह ही अध्यापक और प्रोफेसर भी इसके शौकीन थे, क्योंकि हफमैन प्रैरी वास्तविक प्रैरी का वह टुकड़ा थी, जो अब भी ओहाइयो क्षेत्र में अपना अस्तित्व बचाकर रखे हुए थी। उस स्थान की जाँच करने के बाद विलबर और ऑरविल ने पाया कि यह उनके आदर्श स्थान से बहुत अलग था। डेटन-स्प्रिंगफील्ड रेल उसके पास से होकर गुजरती थी। जिस प्रकार के स्थान का प्रयोग वे अब तक करते आए थे, उसकी तुलना में यह स्थान बहुत छोटा था और यहाँ के वातावरण में जो आर्द्रता थी, वह पूरे उबाल पर थी। वे उसी वातावरण में अपना काम करने के लिए तैयार हो गए।

डेटन के बैंकर टॉरेंस हफमैन ने उन भाइयों को उस क्षेत्र को बिना कोई किराया लिये ही इस्तेमाल करने की इजाजत दे दी। जितनी देर संभव हो, उन्होंने अपने जानवरों को भी बाँधकर रखना स्वीकार किया और भाइयों को यह आश्वासन दिलवाया कि वे उनको किसी प्रकार की हानि पहुँचाने नहीं आएँगे। ऐसा नहीं है कि हफमैन खुले दिल से राइट ब्रदर्स का समर्थन कर रहे थे। गुप्त तौर पर वे स्वीकार करते हैं कि दोनों भाई अपनी फ्लाइंग मशीन के प्रयोग को लेकर पागल हैं। लेकिन भाइयों ने उसी क्षेत्र पर अपना काम करना जारी रखा। शायद उस समय यह कहना उचित था कि इस समय दोनों भाई बराबर के साझेदार बन चुके थे। सन् 1899 की मौलिक अवधारणा और 1900 तथा 1901 के

ग्लाइडर को उड़ाने का कारनामा विलबर का था; लेकिन 1904 से दोनों भाई एक टीम की तरह काम करने लगे थे। इस बिंदु के आगे यह कहना बहुत ही कठिन था कि कौन सा विचार विलबर के दिमाग की उपज थी और कौन सा ऑरविल के। उन दोनों ने इस काम में अपना पूरा-पूरा योगदान दिया।

25 मई, 1904 को राइट बंधुओं ने स्थानीय प्रेस के सदस्यों से कहा कि हफमैन प्रैरी उनकी इस सत्र की पहली उड़ान को देखने के लिए आएँ। उन्होंने न केवल प्रेस के लोगों को वहाँ बुलाया, बल्कि बुजुर्ग पादरी राइट, बहन कैथरिन और परिवार के अन्य लोगों को भी बुलाया। वे सभी राइट ब्रदर्स के उस प्रदर्शन को देखने के लिए एकत्र हुए, जो उनका सबसे फीका प्रदर्शन बनने वाला था।

उस दिन कुछ कारगर नहीं रहा। हवा और न ही उस दिन भाइयों ने जो फ्लैटबोर्ड विमान को जमीन से ऊपर उठाने के लिए उपयोग किया था, से कोई सहयोग प्राप्त नहीं हुआ। विलबर ने एक प्रयास दिन में बहुत देर से किया और वह कारगर साबित नहीं हुआ। प्रेस के लोगों ने अपना सिर हिलाया और वहाँ से चले गए। इससे पहले कि वे हफमैन प्रैरी में वापस आने के लिए राजी होते, अब एक बार फिर यह परिस्थिति राइट ब्रदर्स के लिए वरदान साबित हुई। उन्हें उन परेशानियों से होड़ लगानी थी, जिसका अनुभव उन्हें पहले कभी नहीं हुआ था।

गरमियों के परीक्षण

ओहाइयो के डेटन के आसपास का क्षेत्र काफी सपाट था। वहाँ का मौसम आम तौर पर गरम रहता था और गरमियों में नमी बनी रहती थी। दोनों भाई उन गरमियों में हर समय लंबी कमीज, पतलून और टोपी, जो उनका ट्रेडमार्क थी, पहने रहने के कारण झुलस गए थे। उनका मानना था कि इस औपचारिक पोशाक के अतिरिक्त कुछ और पहनना असभ्यता

होगा। वे विमानचालक के साथ जुड़े हुए थे और संदेशों को वापस भेज रहे थे तथा आगे टेलर के पास भी संदेशों को भेज रहे थे; लेकिन वे उड़ान के दौरान काफी कम दूरी पर कम उड़न नहीं तय कर पा रहे थे क्योंकि मौसम उनका साथ नहीं दे रहा था। वे दोनों भाई प्रैरी की घास का अवलोकन करने में महारत हासिल कर चुके थे और यदि वहाँ पर थोड़ी सी भी मंद हवा होती तो वे अपने काम के लिए तैयार हो जाते तथा अपनी मशीन को शुरू करने का प्रयास करने लगते। लेकिन हवा जितनी तेजी से उठती उतनी ही तेजी से बंद भी हो जाती। इस घटना के लंबे अरसे के बाद यह खोज की गई कि हफमैन प्रैरी चूँकि समुद्र तल से केवल 800 फीट ऊपर था, यहाँ पर हवा की प्रवृत्ति किटी हॉक की तुलना में नम होने के कारण बहुत अलग थी। यहाँ पर गरमियों का अधिकतम समय परेशानी में व्यतीत होता था।

मध्य-पूर्व में उड़ान भरना

राइट ब्रदर्स ने यह पाया कि हफमैन प्रैरी में उड़ान भरना बहुत ही चुनौतीपूर्ण कार्य है। हवा की स्थितियों के अंतर ने उन्हें सन् 1904 में भरी अधिकतर उड़ानों में निराशा ही दी। यद्यपि इसके विपरीत, अगली एक या दो पीढ़ी के विमान चालकों ने मध्य-पूर्व में हवा की स्थितियों को काफी हद तक उड़ान भरने में सहयोगी बताया था।

कुछ ही लोग ऐसे हुए हैं, जिन्होंने हवा में उड़ान भरने के चुनौतीपूर्ण कार्य को ठीक प्रकार अथवा अर्थपूर्ण ढंग से परिभाषित किया है, जैसा कि गाइ मर्ची ने किया। सन् 1954 में उन्होंने 'सॉन्ग ऑफ द स्काई' को प्रकाशित किया, जिसमें उन्होंने चट्टानी पहाड़ों पर चिनुक हवा में, मेक्सिको की खाड़ियों के ऊपर जल बवंडरों में और दक्षिण-पश्चिम के रेतीले क्षेत्र के ऊपर सांता एना की हवा में उड़ने के बीच के अंतर का वर्णन किया। उन्होंने मध्य-पूर्व, जहाँ पर राइट ब्रदर्स का घर था, के बारे

में जो कहा, वह इस प्रकार है—

> ऐसा देश, जहाँ पर उड़ान भरना सबसे आसान है, संभवत: सपाट अमेरिकी मध्य-पूर्व का भाग है, जहाँ पर आप न केवल आवश्यकता पड़ने पर लगभग सभी क्षेत्रों पर आकाश से नीचे उतर सकते हैं, बल्कि पृथ्वी के मार्ग पर जो वर्गीय रेखा खींची गई है, वह भौगोलिक पुस्तक से एक जीवंत पृष्ठ है, जिसमें वास्तविक अक्षांश व देशांतर रेखाएँ अपना अस्तित्व बनाए हुए हैं, जो आपको नीचे की ओर ले जाती हैं। फार्मों का सर्वेक्षण तिमाही वर्गों, 160 एकड़ के सटीक आयामों पर किया गया है। यह ऐतिहासिक प्रवर्तक रियासत है। यह एक वास्तविक जीवन का ब्लूप्रिंट है, जो कि भूमध्य रेखा और ग्रीनविच मध्याह्न पर आधारित है, जो एक ऐसी योजना है, जिसे पहली बार कागज पर खींचा गया, दूसरी बार पृथ्वी पर।[36]

सन् 1904 और 1905 में राइट ब्रदर्स इन भौगोलिक रेखाओं का लाभ उठाते हुए अधिक ऊँचाई तक उड़ान नहीं भर पाए; लेकिन उनके बाद के विमान चालकों ने निस्संदेह ऐसा किया।

दोनों भाइयों का पूरा विश्वास था कि सन् 1903 के दिसंबर माह में उनको जो सफलता प्राप्त हुई है, उसके आधार पर उन्होंने उस क्षेत्र के अन्य प्रतियोगियों को काफी पीछे छोड़ दिया है। लेकिन यदि यह खबर फैले और कोई पंखों को मोड़ने की उनकी तकनीक की नकल करने में कामयाब हो जाता है तो संभवत: सबकुछ गायब हो जाए। इस समय तक दोनों भाई औपचारिक तौर पर यह निश्चय कर चुके थे कि वे अपना भाग्य उड़ान भरने के व्यवसाय से ही बनाएँगे; लेकिन तब तक उनका विमान चालक पेटेंट के द्वारा सुरक्षा प्राप्त नहीं कर पाया था—अमेरिकी

पेटेंट कार्यालय के द्वारा उनके प्रथम प्रयास को सन् 1903 में अस्वीकृत कर दिया गया था। दोनों भाइयों के पास चिंतित होने की बड़ी वजह थी। उनके लिए प्रतियोगिता का स्तर बढ़ता जा रहा था और इस क्षेत्र में होनेवाला अधिकांश विकास फ्रांस में हो रहा था।

लगभग उसी समय, जब सन् 1903 में ओक्टावे शैनूटे ने पेरिस में अपना वक्तव्य दिया, इस क्षेत्र में विकास का एक बड़ा आंदोलन आरंभ हुआ। देशभक्त फ्रेंच लोग यह देखकर आश्चर्यचकित थे कि अमेरिकी उड़ान के फ्रेंच तरीकों, जिसे वे अपने क्षेत्र का ही समझते थे, को गुप्त रूप से सीख रहे हैं। बाद में जब शैनूटे ने सन् 1902 में ग्लाइडर को उड़ाते हुए विलबर की पतवार के साथ ली गई तसवीर को भेजा तो यह स्पष्ट हो गया कि राइट ब्रदर्स वास्तव में हवा में जहाज का संचालन कर रहे थे। यह कुछ ऐसा था, जो पहले कभी किसी ने नहीं किया था। इस मात से परेशान फ्रेंच विमान चालकों ने अपने प्रयासों को दोगुना कर दिया। पंखों को मोड़ने की सही तकनीक कैसे और किस प्रकार से प्रयोग की जाती है, इसको जाने बिना ही वे उसके साथ प्रयोग करने लगे।

इसी बीच शैनूटे ने राइट ब्रदर्स पर दबाव बनाया कि वे मिसौरी के सेंट लुइस में होनेवाली उड़ान की प्रतियोगिता में प्रविष्ट करें। सन् 1903 में सेंट लुइस के लिए विश्व मेले का आयोजन किया गया था; लेकिन परिस्थितियों ने इसमें बाधा उत्पन्न कर दी और प्रतियोगिता को पूरे एक वर्ष आगे कर दिया गया। राइट ब्रदर्स ने सन् 1903-04 की सर्दियों के मौसम के दौरान सेंट लुइस की यात्रा की थी; लेकिन वे वहाँ के क्षेत्र को देखकर प्रभावित नहीं हुए। उस क्षेत्र को देखकर ऐसा लगता था जैसे वह गुब्बारों में उड़ान भरने के लिए उपयुक्त हो। इसलिए उन्होंने उसमें भाग न लेने का फैसला किया। हमेशा की तरह इस बार विलबर शैनूटे को दिए अपने जवाब में विनम्र बने रहे—

"हम दोनों भाइयों ने सेंट लुइस में होनेवाली प्रतियोगिता

में भाग लेने का लगभग मन बना लिया था; लेकिन हम औपचारिक तौर पर ऐसा करने के तब तक इच्छुक नहीं हैं, जब तक समय पर अपने कार्य के लिए पूरी तरह से तैयार न हो जाएँ। अभी हम एक मशीन का काम पूरा कर चुके हैं और दूसरी का पूरा करने की ओर अग्रसर हैं और तीसरी पर भी काम शुरू कर चुके हैं। जैसा कि आप जानते हैं, इन्हें मापने के लिए बनाया जाता है और इनके भाग अंतर्निमेय होते हैं और यहाँ तक कि एक गंभीर दुर्घटना भी आवश्यक तौर पर हमें प्रतियोगिता से बाहर न कर पाए। यह सत्य है कि एक ऐतिहासिक कहानी की दौड़ में कछुए ने खरगोश को हरा दिया था; लेकिन यदि खरगोश अपनी आँखें कछुए के आगे निकलने के कुछ देर बाद खोल लेता या अपने पैर अथवा गरदन के टूटने से बच पाता तो संभवतः अगले ही पल यह परिणाम आश्चर्यजनक ढंग से परिवर्तित हो जाता।''[37]

राइट ब्रदर्स सेंट लुइस नहीं गए। वे हफमैन प्रैरी में ही रुके और अपनी बाधाओं एवं निराशाओं का सामना करते रहे।

शरद् ऋतु की उमंग

शरद् ऋतु का आगमन राइट ब्रदर्स के लिए भाग्यशाली साबित हुआ। धीरे-धीरे हवा की गति भी बढ़ने लगी और इसके साथ ही वह हलकी एवं शुष्क भी होने लगी। दिन-प्रतिदिन वे छोटी-छोटी उड़ानें भरने लगे। अपनी इन उड़ानों के दौरान उन्हें पास की ही टेलीफोन की तारें भी नजर आतीं।

जैसा कि पहले अध्याय में कहा गया था, राइट ब्रदर्स के एक मित्र

अमोस आई रूट थे, जिन्होंने दोनों भाइयों को आकाश में पहली बार पूरा चक्कर लेते हुए देखा था।

सन् 1904 में राइट ब्रदर्स को मिसौरी के सेंट लुइस में आयोजित विश्व मेले में अपने वायुयान को प्रदर्शित करने के लिए आमंत्रित किया गया। हालाँकि उस स्थान का निरीक्षण करने के पश्चात् दोनों भाइयों ने उससे पीछे हटने का मन बना लिया। उन्होंने यह तय किया कि वहाँ की व्यवस्था गुब्बारों में उड़ान भरने के लिए उपयुक्त थी, जैसे कि कैलीफोर्निया ऐरो ब्लिम्प, जिसकी तसवीर यहाँ पर दी गई है।

अल्बेरटो सैंटोस-ड्रूमोंट
(1873-1932)

पहली बार ऐफिल टावर के आस-पास

राइट ब्रदर्स ने विमानन के अपने कॅरियर के दौरान काफी सारी उपलब्धियाँ प्राप्त कीं; लेकिन वे उन सभी तक काफी शांत तरीके से पहुँचे। वहीं दूसरी ओर इसी क्रम में ब्राजील के विमान चालक अल्बेरटो सैंटोस-डूमोंट का नाम, जिन्होंने अपना नाम उड़ने योग्य गुब्बारों के द्वारा उड़ान भरने के क्षेत्र में किया, काफी प्रसिद्धि के साथ अपनी उपलब्धियों की ओर बढ़ा।

सैंटोस-डूमोंट का जन्म सन् 1873 में ब्राजील में हुआ और वे देश के सबसे अमीर कॉफी के व्यवसाय करनेवाले के पुत्र थे। विलबर राइट की तरह सैंटोस-डूमोंट भी पक्षियों की गति की ओर आकर्षित थे और वे ब्राजील के आसमान पर उन पक्षियों को देखते हुए घंटों बिताया करते थे। लेकिन सन् 1891 में उनका परिवार यूरोप चला गया और सैंटोस-डूमोंट पेरिस में बस गए, जो वास्तविक गरम हवा के गुब्बारों की खोज करनेवाले का घर था। उनको परिवार का सौभाग्य विरासत में प्राप्त हुआ, जिससे वे ऐसे विशेषज्ञों को नियुक्त करने में सक्षम हो सके, जिन्होंने गुब्बारों में बैठकर उड़ान भरने में उनका मार्गदर्शन किया और फिर उन्होंने अपनी तरह के एक नए मार्ग का आरंभ किया। सन् 1900 तक उन्होंने अपने-अपने गुब्बारों का परिचालन करने में वास्तविक सफलता अर्जित कर ली थी। उस वर्ष उन्होंने 1,00,000 फ्रेंक के पुरस्कार की प्रतियोगिता में पुरस्कार को प्राप्त करने की चुनौती को स्वीकार किया।

बीसवीं सदी के आगमन तक ऐफिल टावर पेरिस वासियों के दिल में खास स्थान नहीं बना पाया था। इस टावर का निर्माण सन् 1899 में पेरिस में होनेवाले विश्व मेले के लिए करवाया गया था, लेकिन शहर के निवासी अब भी धातु की इस भारी-भरकम संरचना को घृणा और कष्टदायक वस्तु के रूप में देखते थे। सैंटोस-डूमोंट ने इसे लोगों

के बीच प्रचलित करने में अपने उड़ान के लिए किए गए प्रयासों के माध्यम से सहायता की। 19 अक्तूबर, 1901 को उन्होंने पेरिस के एयर क्लब से लेकर ऐफिल टावर तक की उड़ान भरी और 30 मिनट व 40 सेकंड में वापस आए। उनके द्वारा लिया गया यह समय पुरस्कार प्राप्त करने के लिए तय समय से कुछ ही लंबा था। पेरिस के निवासियों ने यह माँग की कि उनको इस परिस्थिति में भी पुरस्कार की राशि दी जानी चाहिए और राशि मिलने के पश्चात् सैंटोस-डूमोंट ने इस राशि का अधिकतर भाग गरीबों के बीच बाँट दिया।

सन् 1904 की वसंत ऋतु में सैंटोस-डूमोंट अपने गुब्बारे को सेंट लुइस के विश्व मेले में 1,00,000 फ्रेंक की पुरस्कार राशि को प्रतियोगिता में जीतने के लिए ले गए। उस समय तक वे ख्याति प्राप्त व्यक्ति बन चुके थे। लोगों ने उनका जीत के लिए समर्थन किया। लेकिन उनकी कार्यशाला में कोई चोरी से घुसा और उनके क्राफ्ट में तोड़-फोड़ कर दी। इस तोड़-फोड़ और इस अफवाह से कि यह सब उन्होंने स्वयं ही इस प्रतियोगिता से बचने के लिए किया, से गुस्साए सैंटोस-डूमोंट अपने घर पेरिस वापस चले गए।

इसके लगभग दो सप्ताह पूर्व ही विलबर ने आकाश में आधा चक्कर लिया था; लेकिन कोई भी इस बात के प्रति तब तक आश्वस्त नहीं था कि वे 360 डिग्री का पूरा चक्कर आकाश में लगा सकते हैं, जब तक 20 सितंबर, 1904 को उन्होंने इस कमाल को कर दिखाया। इसके बाद से राइट ब्रदर्स ने स्वयं अपनी योग्यताओं का निर्माण किया। नवंबर और दिसंबर के आरंभिक दौर में विलबर और ऑरविल ने कई उड़ानें भरीं, जिसमें एक यादगार उड़ान भी सम्मिलित थी, जिसमें ऑरविल ने कुल 11 मील की दूरी की यात्रा की। इसके बारे में विलबर ने एक पत्र के माध्यम से ओक्टावे शैनूटे को पूरी रिपोर्ट दी—

> ''इस सत्र के दौरान एक सौ और पाँच शुरुआतें की गईं। मेरे पिछले पत्र तक मेरी सबसे बेहतर उड़ान 16 नवंबर और 1 दिसंबर को भरी गई उड़ानें थीं। इन उड़ानों में पहली उड़ान

> मैदान पर 2 एवं एक–चौथाई पर पलटी और दूसरी उड़ान में लगभग चार चक्कर पर पलटी। हमने अपनी मान्यताओं को आपको पत्र लिखने के कुछ दिनों के बाद देखा और यह पाया कि संदर्भित सभी संदर्भों में से किसी का भी अधिक महत्त्व नहीं है। हमारा मानना है कि हमें पेटेंट दिया जाना चाहिए, हालाँकि जर्मनी में विभिन्न विशेषताओं के लिए अलग–अलग पेटेंट कराना आवश्यक है।[38]

वर्ष 1905

वर्ष 1905 राइट ब्रदर्स के लिए कम नाटकीय रहा। इस समय तक उनके पास इस क्षेत्र में काम कर रहे अन्य किसी भी व्यक्ति से अधिक वैज्ञानिक आकड़े एकत्र हो चुके थे। वे अपने डिजाइन, निर्माण एवं विमानों को उड़ाने की क्षमता को लेकर और भी अधिक आत्मविश्वास से भर चुके थे और अब वे अपने इस काम से लाभ अर्जित करना चाहते थे। इस समय तक उन्होंने अपने इस उद्यम से एक भी पाई नहीं कमाई थी।

समस्या, जिसके बारे में वे भलीभाँति जानते थे, वह जनता और संभवत: अमेरिकी सरकार की थी, जो उड़ान संबंधी किए जानेवाले अधिकतर दावों के प्रति शंकित थे। लैंगली के ऐरोड्रोम की असफलता और इसी प्रकार की अन्य असफलताओं ने हवा से अधिक भारी किसी वस्तु के उड़ने संबंधी सभी दावों को खारिज करने हेतु प्रेरित किया था। यह जानते हुए कि उन्हें स्वयं को साबित करना होगा, राइट ब्रदर्स अपने स्थानीय कांग्रेसमैन के पास गए। वे सरलता से अमेरिकी युद्ध सचिव विलियम हार्वड टेफ्ट से इस विषय में रुचि लेने हेतु बात करने के लिए तैयार हो गए। लेकिन उस पत्र को शीघ्र ही विशेषज्ञों के पास भेज दिया गया, जिसमें स्मिथसोनियन के विशेषज्ञ भी सम्मिलित थे। राइट ब्रदर्स को अमेरिकी सरकार के द्वारा भेजी गई

एक निराशाजनक अस्वीकृति प्राप्त हुई—

> "बहुत से लोगों के द्वारा वित्तीय सहायता के लिए अपीलें भेजी गई हैं। यंत्र को आवश्यक तौर पर व्यावहारिक रूप से संचालन करने के स्तर पर बिना संयुक्त राष्ट्र के द्वारा किए गए व्यय उपस्थित होना होगा। सर्वश्री के द्वारा भेजे गए पत्र से ऐसा प्रतीत हुआ। विलबर और ऑरविल राइट की मशीन अब भी व्यावहारिक तौर पर संचालन करने के स्तर तक नहीं पहुँची थी।"[39]

यह उत्तर राइट ब्रदर्स को पागल कर देने वाला था। वे किसी प्रकार की आर्थिक सहायता नहीं माँग रहे थे। वे किसी ऐसे व्यक्ति की तलाश में थे, जो उनके उन विमानों को खरीद सके, जिसे उन्होंने बनाया और उड़ाया था। क्या दोनों भाइयों को अपनी इस मंशा को एक और पत्र लिखकर स्पष्ट करना चाहिए था? इससे शायद उनको कुछ अलग प्रतिक्रिया प्राप्त होती। लेकिन उन दोनों भाइयों को इस प्रकार का कार्य करने में स्वयं का अपमान महसूस हुआ। यदि अमेरिकी सरकार एक विमान के लाभ को नहीं प्राप्त कर सकती या नहीं करेगी तो वे अन्य संभावित खरीदारों को तलाश करेंगे।

उस समय केवल तीन देश ऐसे थे, जिनके पास राइट ब्रदर्स के विमानों को खरीदने हेतु संभवत: धन और इच्छा हो—ग्रेट ब्रिटेन, फ्रांस एवं जर्मनी। दोनों भाई यह अच्छी तरह से जानते थे कि ये तीनों ही राष्ट्र प्रमुख हथियारों की दौड़ में सम्मिलित हैं, अंतत: जिसने एक दशक बाद होनेवाले प्रथम विश्व युद्ध की ओर अग्रसर किया। वे इस धारणा से राहत महसूस कर रहे थे कि संभवत: विमान युद्धों को अप्रचलित बना सकता है। यदि सरकार या किसी सेना के पास विमानों को भेजने की क्षमता हो तो वे अपने विरोधियों के बारे में सबकुछ जान सकते हैं और

फिर वे यह नहीं चाहेंगे कि वे पहले युद्ध की शुरुआत करें। अथवा दोनों भाई इस प्रकार की आशा कर रहे थे।

राइट ब्रदर्स ने सन् 1905 की गरमियों और शरद् ऋतु में अपने प्रयोगों को जारी रखा। सन् 1905 में भरी गई उनकी उड़ानों में पिछली उड़ानों की तुलना में और भी महत्त्वपूर्ण सुधार दिखाई दिया और उन्होंने हवा में मिली सफलता का पूरा आनंद भी लिया। जमीन पर उन्हें देरी की लंबी श्रृंखला और विदेशी सरकार को उनके विमानों को खरीदने में रुचि लेने के अपने प्रयास में गलती का सामना करना पड़ा। उस समय विलबर ने शैनूटे को पत्र लिखा—

"हम ब्रिटिशर्स द्वारा किसी तत्काल यात्रा की उम्मीद नहीं कर रहे हैं, क्योंकि काफी समय से हमारी उनके साथ कोई बातचीत नहीं हुई है और आप तब तक कोई अपेक्षा न करें, जब तक हम किसी अप्रत्यक्ष तरीके से उनके साथ किसी प्रकार का पत्र-व्यवहार या उनमें किसी प्रकार की हलचल पैदा नहीं कर देते। हम यह चाहेंगे कि उनके आने से पूर्व हम अपने इस सत्र के प्रयोगों को पूरा कर लें। हमारी कभी ऐसी इच्छा नहीं रही कि हम एक ऐसी मशीन को दिखाएँ, जो पूरी तरह से तैयार न हो और उसे खरीदनेवालों को उसकी ठीक प्रकार से व्यावहारिक जानकारी प्राप्त न हो। हम किसी विदेशी प्रस्ताव को स्वीकार करने से पहले अमेरिकी सरकार को एक और मौका देंगे।"[40]

राइट ब्रदर्स ने यह उम्मीद नहीं की थी कि उनके दोबारा उड़ान भरने से पूर्व तीन वर्षों का समय बीत जाएगा।

□

धोखेबाज

वर्ष 1905 के अंत तक राइट ब्रदर्स अपने डिजाइनों को लेकर समय से काफी आगे चल रहे थे; लेकिन धन के संदर्भ में काफी पीछे थे। वे अच्छी तरह जानते थे कि वे अपने विमानों के लिए जिस मूल्य की आशा करते हैं, वह उन्हें सरकार के अलावा अन्य कोई व्यक्ति देने का सामर्थ्य नहीं रखता और कोई भी सरकार तब तक उसमें पैसा लगाने के बारे में नहीं सोचेगी, जब तक वे स्वयं उसके द्वारा भरी जानेवाली उड़ान का साक्षी न बन जाए। यह पूर्ण रूप से 'कैच 22' था।

पहले से अधिक प्रतिस्पर्धा

सैमुअल लैंगली सन् 1905 में लकवे से ग्रस्त हो गए। कुछ समय के लिए उनके स्वास्थ्य में सुधार हुआ, बल्कि वे थोड़े में उसी फुरती के साथ अपने काम पर भी लौटे। लेकिन इसके कुछ महीनों के बाद ही फरवरी 1906 में अपनी मौत के साथ वे वैमानिक क्षेत्र को राइट ब्रदर्स और नए प्रतियोगियों के लिए छोड़ गए।

अलेक्जेंडर ग्राहम बेल ने लैंगली की प्रशंसा करते हुए प्रेस के उनके प्रति कड़वाहट से भरे व्यवहार, जिसने सन् 1903 में उनके द्वारा की गई दो उड़ानों की शुरुआत के असफल होने के बाद उनके जीवन को काफी कष्टदायी बना दिया, को भी अभिव्यक्त किया। लेकिन हवा

के साथ चल रही अपनी लड़ाई को छोड़ने के बजाय बेल और एक नए समूह को प्रेस से रू-बरू करवाया गया।

ग्लेन कुरचिस
(1878-1930)

आविष्कारक या नकलची

यदि एक दृष्टिकोण से देखा जाए तो ग्लेन कुरचिस या तो एक अद्‍भुत आविष्कारक थे या एक बदमाश। सन् 1878 में न्यूयॉर्क के हैमनस्पॉट्र्स में जनमे कुरचिस ने केवल आठवीं कक्षा तक पढ़ाई की, लेकिन उनकी यह शिक्षा उस समय के लिए सामान्य थी। उनकी पहली नौकरी न्यूयॉर्क के रोचेस्टर फर्म में थी। आगे चलकर वह फर्म ईस्टमैन कोडक बनी।

कुरचिस ने पहले साइकिलों की मरम्मत करने का काम शुरू किया और फिर मोटरसाइकिलों की मरम्मत का काम भी किया। प्रारंभिक दौर में उनके द्वारा साइकिलों की मरम्मत करने के कुछ काम उनको राइट ब्रदर्स जैसा बनाते थे; लेकिन वे शक्ति और गति पर अपना ध्यान केंद्रित करते थे, जबकि राइट ब्रदर्स अपना सारा ध्यान संतुलन और परिचालन पर केंद्रित करते थे। उन्होंने तेज गतिवाली एक मोटी साइकिल का निर्माण किया, जिसे 'हेल राइडर' के नाम से जाना जाता था। कुरचिस अपनी विलक्षण चीजों और काफी खूबसूरती से डिजाइन की गई अपनी मोटरसाइकिलों दोनों के प्रति बहुत आकर्षित थे।

सन् 1907 में अलेक्जेंडर ग्राहम बेल के उकसाने पर कुरचिस एरियल एक्सपेरिमेंट एसोसिएशन का हिस्सा बने। कुरचिस ने बेल की विशाल पतंगों के साथ काम किया, लेकिन उन्हें अव्यावहारिक पाया। सन् 1908 तक कुरचिस ने रेड विंग और व्हाइट विंग एयरक्राफ्ट को डिजाइन किया, जो कि नकल था; लेकिन इसमें राइट ब्रदर्स के पंखों को मोड़ने की तकनीक में सुधार भी किया गया था।

कुरचिस का डिजाइन 'एयलीरोंस' के नाम से जाना गया, जिसमें पंखों को मोड़ने की तकनीक को बिना तारों और केबल की आवश्यकता

के पूरा किया गया था। इसके बारे में जानकारी मिलने पर राइट नाराज हुए। उनकी नजर में यह पूर्ण रूप से चोरी का मामला था; लेकिन कुरचिस के लिए यह किसी अन्य व्यक्ति के विचार उसमें कुछ बेहतर करने के लिए अपनाना था। उन दोनों के बीच कानूनी लड़ाई वर्षों तक चलती रही।

बाद में कुरचिस ने अपना ध्यान एक ऐसे विमान को विकसित करने की ओर लगा लिया, जिसे पानी में भी उतारा जा सके। प्रथम विश्व युद्ध के दौरान उन्होंने अमेरिकी नौसेना के लिए विमानों को डिजाइन किया। सन् 1920 का दौर आते-आते वे फ्लोरिडा में एक अचल संपत्ति के विकासकर्ता बन चुके थे।

सन् 1907 में राइट ब्रदर्स ने पहली बार फ्रांस की यात्रा फ्रेंच सरकार के साथ अपने विमानों को खरीदने संबंधी बातचीत को करने के लिए की। हालाँकि सरकार ने उनको किसी प्रकार की संविदा का प्रस्ताव नहीं दिया था, वे एक फ्रेंच कंपनी से इससे संबंधित दस्तावेजों पर हस्ताक्षर करवाने में सफल रहे। यहाँ सन् 1909 में राइट ब्रदर्स की फ्रांस की दूसरी बार यात्रा के दौरान विलबर राइट की तसवीर को प्रदर्शित किया गया है।

सन् 1880 के अंत तक बेल और उनका परिवार पूर्वी कनाडा स्थित केप ब्रेटॉन ब्रास डीओर लेक में अपना गरमियों का समय व्यतीत करता था। पिछले कुछ वर्षों में उन्होंने अपने परिवार के वास्तविक घर को विशाल अहाते में तब्दील कर दिया था, जहाँ पर प्रयोगों को करने के लिए बहुत सा स्थान था। लैंगली की मौत के समय में भी बेल विशाल स्तर की पतंगों और उससे भी अधिक गोलाकार वस्तु के साथ प्रयोग कर रहे थे, जिसके बारे में वे सोचते थे कि यह हवा में उनको राइट या अन्य किसी के द्वारा डिजाइन से प्राप्त होती है, से बेहतर स्थिरता प्रदान करेगी।

सत्य तो यह था कि अपनी अभूतपूर्व बौद्धिक क्षमता के बावजूद वे उड़ान संबंधी कई आयामों से पूरी तरह से अनभिज्ञ थे। उन्हें उन सबकी कोई समझ नहीं थी, जिसमें राइट ब्रदर्स महारत हासिल कर चुके थे। बेल जैसे लोगों के लिए, जिन्होंने राइट ब्रदर्स द्वारा बनाई मशीन को कभी आकाश में उड़ते हुए नहीं देखा था, यह संपूर्ण विचार ही बेतुका प्रतीत होता था। अमोस आई रूट जैसे लोगों के लिए, जिन्होंने राइट ब्रदर्स की मशीन को उड़ान भरते हुए देखा था, इस घटना को वैज्ञानिक तौर पर विवेचित करना लगभग असंभव था। इनमें से कोई भी व्यक्ति मूर्ख नहीं था; लेकिन उनको राइट ब्रदर्स के बौद्धिक कौशल तक पहुँचने के लिए लंबा रास्ता तय करना था। बेल कभी पंखों को मोड़ने की तकनीक की खोज नहीं कर पाते, यदि उनकी दोस्ती ग्लेन कुरचिस के साथ नहीं हुई होती।

बेल, कुरचिस और अन्य लोगों की राइट ब्रदर्स के साथ सीधी प्रतियोगिता थी। वे राइट ब्रदर्स के डिजाइन व तकनीक के बारे में जानते थे और शीघ्र ही यह एक दौड़ में तब्दील होने वाली थी कि कौन सा समूह सबसे पहले समापन रेखा तक पहुँचता है—आर्थिक तौर पर कहा जाए तो कौन प्रथम बनता है।

फ्रांस की यात्रा

मई 1907 में, जिस वर्ष बेल और कुरचिस को पहली बार सफलता प्राप्त हुई, विलबर ने पहली बार एक स्टीमर के द्वारा अटलांटिक सागर को पार किया। वे सीधे फ्रेंच सरकार के साथ विमान को बेचने के संबंध में बातचीत करने हेतु पेरिस गए। उनके विमान को खरीदने में जर्मनी ने भी कुछ रुचि दिखाई, लेकिन समाचार-पत्र में प्रकाशित एक नकारात्मक लेख ने सबकुछ समाप्त कर दिया।

उनके वहाँ पहुँचने तक पेरिस अल्बेरटो सैंटोस-डूमोंट और अन्यों के द्वारा किए गए नए प्रयासों से गुंजायमान था। राइट ब्रदर्स के उड़ान भरने की खबर से प्रेरित होकर कई फ्रेंच विमान चालकों के द्वारा बेहतर गुब्बारों और कुछ ही प्रारंभिक स्तर के विमानों का निर्माण किया गया। पेरिस के नागरिक यह देखकर बहुत ही रोमांचित होते थे कि वे विमान जमीन से ऊपर उठते और कुछ मीटर की दूरी तक उड़ते; लेकिन पंखों को मोड़ने की तकनीक का इस्तेमाल नहीं किया जाता था, इसलिए उन पर कोई नियंत्रण भी नहीं होता था।

विलबर ने उद्देश्यात्मक तौर पर किसी अन्य द्वारा बनाए गए विमान पर किसी प्रकार की टिप्पणी करने से इस ओर संकेत करते हुए मना कर दिया कि कोई भी कारीगर या आविष्कारक स्वाभाविक तौर पर यही सोचता है कि उसका डिजाइन सबसे अच्छा है। विलबर और ऑरविल (जो जुलाई के महीने में अपने भाई के पास आए थे) ने इस यात्रा के दौरान कोई उड़ान नहीं भरी। उनका सारा समय फ्रेंच और जर्मन मंत्रिमंडल के अधिकारियों, फ्रेंच राष्ट्रपति और जर्मनी के राजकुमार से मिलने में व्यतीत हुआ। इस बात में कोई संदेह नहीं कि इस समय तक राइट ब्रदर्स काफी प्रसिद्ध शख्सियतें बन चुके थे; लेकिन प्रेस उनके बारे में और अधिक जानकारी प्राप्त करना चाहती थी—उनके विमान, उनकी योजनाएँ और स्वयं उनके बारे में। प्रेस की यह रुचि अधिकांशतः

राइट ब्रदर्स की पहली फ्रांस यात्रा के दौरान नाकाम सिद्ध हुई थी और कुछ लोग, जो विशेषत: फ्रेंच प्रेस के सदस्य थे, उन्हें 'बड़ी-बड़ी बातें करनेवाला' पुकारने लगे थे। आखिर राइट ब्रदर्स के द्वारा एक भी ऐसी उड़ान नहीं भरी गई थी, जिसे यूरोप के लोग देख सके।

इस समय तक राइट ब्रदर्स का अपने मित्र ओक्टावे शैनूटे के साथ जो विवाद था, वह बढ़ने लगा था। एक बार फिर वर्ष 1900 के दौर में जाएँ, जब विलबर ने पहली बार शैनूटे को पत्र लिखा था, तो फ्रेंच लोगों ने अपने विचार को व्यक्त करते हुए कहा था कि विमानन के क्षेत्र में किए जानेवाले आविष्कारों से कुछ पैसा ही बनाया जा सकता है, क्योंकि शायद सफलता प्रयासों के संयोजित परिणामस्वरूप ही प्राप्त हो। शैनूटे अब भी इस पद्धति के प्रति वफादार थे। उनकी सदैव ही यह नीति रही कि जितना संभव हो, अधिक-से-अधिक सूचनाओं को प्रसारित किया जाए। लेकिन दोनों भाइयों ने अब भी चुप्पी साधी हुई थी।

राइट ब्रदर्स को विदेशी सरकारों से बातचीत करने में भी कई कठिनाइयों का सामना करना पड़ रहा। सन् 1906 में राइट ब्रदर्स ने फ्रेंच सरकार के साथ एक विकल्प संविदा पर हस्ताक्षर किए थे, लेकिन अपने विमान चालकों की सफलता का हवाला देते हुए ऐसा प्रतीत होने लगा कि फ्रेंच सरकार उसका अनुसरण करने की इच्छुक नहीं है। उसी दौरान ऑरविल ने डेटन से अपने भाई को पत्र लिखा—

> "मैं तब तक फ्रांस के साथ व्यवसाय करने के पक्ष में नहीं हूँ, जब तक हम यह नहीं देख लेते कि फ्लिंट (यूरोप में राइट ब्रदर्स का एजेंट) इस नए क्षेत्र में क्या कर सकता है। मुझे इसकी परवाह नहीं है कि वे उस समय हमारे पास आएँ, जब हमें वहाँ पर भी कुछ संभावनाएँ नजर आने लगें, जिसे उन्होंने बिना किसी तरीके के उस अंतिम क्षण—सितंबर के बाद में—तैयार किया था, जिससे कि हम इस संविदा को आगे बढ़ाकर कुछ प्राप्त कर पाएँ।"[41]

उन्हीं दिनों विलबर युद्ध के समय खुफिया जानकारी को एकत्रित करने के लिए विमानों के प्रयोग को भी प्रोत्साहन दे रहे थे—

> ''इस उड़नेवाली मशीन का अब भी एक बहुत ही महत्त्वपूर्ण उपयोग है। यह बहुत ही छोटी व अप्रत्यक्ष है और बहुत तेजी से गतिशील होती है, इसलिए ये शत्रु के द्वारा तुलनात्मक कम दूरी से किए गए निशाने के समय सुरक्षित भी होते हैं। ये निशानेबाज के सामने से आते और जाते हैं, जिससे उनकी टुकड़ी को प्रशिक्षित किया जा सकता है और उनकी रेंज तक पहुँचा जा सकता है। लेकिन इसकी धीमी गति के साथ विशाल हवाई पोत''लगभग 3,000 गज की दूरी तक सुरक्षित तरीके से पहुँचा नहीं जा सकता। इस दूरी तक के सैनिक अवलोकन का कोई महत्त्व नहीं होता।''[42]

दोनों भाइयों के बीच जो कभी एक खेल हुआ करता था, वह अब एक अंतरराष्ट्रीय स्तर की प्रतियोगिता बन गई, जिसमें विश्व की सभी प्रमुख शक्तियाँ अपनी सेना के लिए विमानों या गुब्बारों के उपयोग की अपेक्षा कर रही थीं।

सफलता

ऑरविल और कैथरिन ने उन गरमियों के मौसम की समाप्ति के समय अटलांटिक की यात्रा अपने भाई विलबर के पास आने के लिए की। वे पेरिस में ही रहे, जबकि वे दोनों बर्लिन चले गए।

राइट ब्रदर्स ब्रिटिश, फ्रेंच और जर्मन सरकार के साथ नियमित तौर पर संपर्क बनाए हुए थे। बल्कि अब तो अमेरिकी सरकार के अधिकारी भी इसके प्रति दृढ़ निश्चयी हो चुके थे कि उन्हें राइट ब्रदर्स के साथ बातचीत करनी चाहिए। करारनामे पर हस्ताक्षर हो चुके थे, लेकिन राइट

ब्रदर्स को तब तक किसी प्रकार की धनराशि प्राप्त होने वाली नहीं थी, जब तक वे कुछ उड़ानों का प्रदर्शन नहीं करते।

उनको उड़ान भरे तीन वर्षों का समय व्यतीत हो चुका था। क्या वे अब भी उड़ान भर सकते हैं ? इस विषय पर राइट ब्रदर्स ने कभी किसी प्रकार की चिंता व्यक्त नहीं की, लेकिन उनके मित्र इस बात को लेकर चिंतित अवश्य थे। उनके पिता यह कभी नहीं चाहते थे कि वे दोनों उन पुराने विमानों को फिर से उड़ाएँ, क्योंकि उनके साथ किसी भी प्रकार की दुर्घटना परिवार के लिए विनाशकारी सिद्ध हो सकती थी। राइट ब्रदर्स को आर्थिक सहायता देनेवाले इस बात को लेकर चिंतित थे कि संभवत: वे बहुत अच्छा प्रदर्शन न कर पाएँ और उनकी सारी बातचीत निरर्थक सिद्ध हो जाए। उन्हें चिंता करने की आवश्यकता नहीं थी। राइट ब्रदर्स के द्वारा शुरुआती समय से जिस सतर्कतापूर्ण दृष्टिकोण को अपनाया गया था, संपूर्ण जानकारी उनके पास अब भी मौजूद थी।

किटी हॉक में वापसी

राइट ब्रदर्स को अपनी पहली उड़ान में सफलता प्राप्त किए पाँच वर्षों का समय बीत चुका था। अब सन् 1908 की वसंत ऋतु में वे कुछ अभ्यास करने के लिए किटी हॉक वापस आए।

वे शहर में पहुँचे। लोग अब भी लगभग पहले के ही समान थे। हालाँकि उनके भवन की स्थिति दूसरा विषय थी। रेत, हवा और पानी सभी ने अपना-अपना मार्ग तलाश कर उसको पूरी तरह से बिगाड़ दिया था। अपने प्रमुख कार्य (उड़ान भरने) को आरंभ करने से पूर्व उन्होंने अपने भवन (कैंप) को पुन: एक बार ठीक स्थिति में करने के लिए अच्छा-खासा समय व्यतीत किया। लेकिन एक बार जब वे हवा में गए तो उनकी स्वयं की शंकाओं (जिसे उन्होंने अन्य लोगों के समक्ष व्यक्त नहीं किया था) ने उन्हें पूरी तरह से शांत कर दिया।

उन्होंने अपनी पुरानी सभी उड़ानों के रिकॉर्ड में सुधार का प्रदर्शन किया। वे अब पहले से अधिक बेहतर नियंत्रण के साथ हवा में उड़े। इससे पूर्व उनके द्वारा भरी गई अंतिम उड़ान हफमैन प्रैरी में थी और वहाँ पर इस रहस्य का खुलासा हुआ था कि वे अधिकतम नमी या बढ़ी हुई ऊँचाई के साथ सामंजस्य नहीं स्थापित कर पाते। पादरी राइट के द्वारा अपनी डायरी में विभिन्न अखबारों के द्वारा छापे गए लेखों, जिनमें यह कहा गया था कि राइट ब्रदर्स के द्वारा 3,000 फीट और एक दिशा में 30 मील तक की दूरी तय करते हुए उड़ान भरी गई, के रहस्यों को खोला गया। यदि ऐसा था तो इस उड़ान ने निस्संदेह उस समय में रिकॉर्ड कायम किया था।

सन् 1908 में राइट ब्रदर्स अपने कैंप को खोजने के लिए किटी हॉक वापस आए, जो बुरी तरह से क्षतिग्रस्त हो चुका था। वहाँ मौजूद सभी तत्त्वों-अवयवों ने राइट ब्रदर्स के हैंगर पर अपना मार्ग बना उसे पूरी तरह से तहस-नहस कर दिया था। यह चित्र उस वर्ष 10 अप्रैल को राइट ब्रदर्स के आने पर लिया गया था। छत उड़ चुकी थी और उत्तरी दीवार गिर चुकी थी।

फ्रांस 1908

सन् 1908 के मई माह के अंत में विलबर ने न्यूयॉर्क से तोराइन की यात्रा की। वे अपनी पिछली यात्रा और वर्षों से किए जा रहे अपने गहन अध्ययन से फ्रांस से भलीभाँति परिचित हो चुके थे। एक उत्साही दर्शक की तरह वे पेरिस के आसपास और विंसिटी गिरजाघरों, शहर एवं युद्ध के महान् स्थलों को देखने के लिए गए। उन्होंने यात्रा के अपने इस आनंद को व्यापार के साथ भी मिलाया और ऑरविल को लिखा—

> ''हमारी स्थिति यहाँ तेजी से सुधर रही है। ऐसा हमेशा ही होता है, जब हममें से कोई एक यहाँ पर लोगों से मिलने और उनमें थोड़ा आत्मविश्वास भरने के लिए उपस्थित होता है। फ्रेंच समाचार-पत्रों की यही प्रवृत्ति है कि पहले तो वे विरोधी बन जाते हैं, लेकिन मुझे लगता है कि यह शत्रुता अब लगभग समाप्त हो चुकी है। ऐसा प्रतीत हो रहा है कि वैमानिक और ऑटोमोबाइल क्षेत्र के लोगों के बीच की इसी प्रकार की प्रवृत्ति भी पिघल रही है।''[43]

हालाँकि यह सब देखकर विलबर रूखे ढंग से आश्चर्यचकित थे। जून के प्रारंभिक समय में उन्होंने बक्सों को खोला, जिन्हें ऑरविल ने उन भागों को भेजा था, जो क्षतिग्रस्त तो हुए थे, लेकिन पूरी तरह से बरबाद नहीं हुए थे। विलबर ने अटलांटिक के पार से ऑरविल को इस के लिए डाँटा; लेकिन यह ऑरविल के बजाय उत्तरी कोरोलिना, एलिजाबेथ शहर के कुछ पैक करनेवालों की लापरवाही के कारण हुआ था। यह जानते हुए कि उन्हें अमेरिकी सरकार के सदस्यों के समक्ष उड़ान का प्रदर्शन करना है, विलबर ने इस बात को दबा दिया और व्यवसाय के लिए हामी भर दी।

उन्होंने पाया कि यहाँ पर करने के लिए उनके पास बहुत कुछ है।

सबसे पहले उन्होंने उड़ान भरनेवाले को एकत्रित किया। इन वर्षों में उसके विशेष विवरणों में काफी बदलाव आ चुका था। यह राइट ब्रदर्स के पिछले विमानों की तुलना में काफी बड़ा था; लेकिन इसके साथ-साथ यह काफी कुशल भी हो गया था। इसके बाद उन्होंने परीक्षण के लिए उपयुक्त स्थल की तलाश की। अपनी इस खोज में उन्होंने पहले जो दो स्थान देखे, उनके साथ कुछ समस्याएँ थीं; लेकिन अंततः उन्हें पेरिस से बाहर 30 मील दूर ले मेंस में एक बेहतर स्थान मिल गया। इसी समय विलबर को एक चोट से गुजरना पड़ा। जुलाई माह में उन्होंने स्वयं को बुरी तरह से घायल कर लिया। उन्हें बाईं ओर तथा हाथ में चोट आई। उनको वापस काम पर आने में काफी दिन गुजर गए। उन्होंने शैनूटे को यह कहते हुए पत्र लिखा कि ले मेंस में किटी हॉक की तरह आधुनिक सुविधाओं की काफी कमी है। यदि उन्हें पता होता कि यहाँ पर यांत्रिकी सहायता मिलना इतना अधिक कठिन होगा तो वे संयुक्त राष्ट्र से एक कारीगर लेकर आते।

इस समय की तसवीरें विलबर को प्रारंभिक दिनों से काफी भिन्न दिखाती हैं। सन् 1908 में वे केवल 41 वर्ष के थे, लेकिन तसवीरों में वे चेहरे की रूखी अभिव्यक्ति के कारण अपनी उम्र से काफी बूढ़े लग रहे हैं। उन्होंने हवाई चालक के काले सूट और दस्तानों के लिए प्रारंभिक दौर में ऊँचे कॉलर एवं कलफ पहनना छोड़ दिया और अपने तेवर व परिधानों में गहरे रंगों को भी छोड़ दिया। यह उनके बारे में कुछ गंभीर बात थी।

ठीक इसी समय फ्रेंच लोगों ने भी उनको स्वीकार करना आरंभ कर दिया था। अखबारवाले उनको देखने में घंटों व्यतीत करने लगे और उनके ध्यान केंद्रित करने के गुण से काफी प्रभावित हो गए। वे उनकी सहायता करने का कोई भी मौका नहीं छोड़ते थे; लेकिन वे निरंतर काम करते और प्रत्येक गरारी, रेखा एवं छेद की कम-से-कम तीन बार जाँच करने की आवश्यकता महसूस करते। अखबारों में विलबर के कार्टून

छपते। वे प्राय: उनको व्यंग्यपूर्ण हँसी के साथ दरशाते, लेकिन गंजे सिर व जबरदस्त रुख को देखते हुए उन तसवीरों में उनके होने में तनिक भी शक नहीं था। बच्चे नियमित तौर से उनको 'महाशय राइट' (मोंसजेयर राइट) और 'लेस फयरर राइट' पुकारने लगे। विलबर अपनी इच्छा के लगभग विरुद्ध एक स्थानीय हीरो बन चुके थे।

उन्होंने अपने सबसे बेहतर प्रदर्शन को अगस्त के लिए बचाकर रखा था। 10 अगस्त को उन्होंने ले मेंस में दो छोटी उड़ानें भरीं। उन्होंने दूसरी उड़ान में आठ का आँकड़ा छुआ और फिर अपने प्रारंभिक बिंदु पर ठीक एक पक्षी की भाँति लौट आए। अखबारवाले और फ्रेंच विमान चालक उत्साह से लगभग पागल-से हो गए।

> ब्लेरॉइट (फ्रेंच विमान चालक लुइस) और डेलागरेंज (फेरदीनंद लियोन) इतने अधिक उत्सुक हो गए कि वे लगातार इसके बारे में बात करने लगे और कैपफेरर (हेनरी) इसके बारे में केवल आह भर सके और इस बारे में कुछ भी नहीं बोले। यदि आपने उन्हें देखा होता तो आप हँस-हँसकर मर गए होते। फ्रेंच समाचार-पत्रों, मटिन, जर्नल, फिगारो, एल ऑटो, पेटिट जर्नल, पेटिट पेरिसिएन—ने इसका समर्थन करते हुए ठीक उसी प्रकार संपूर्ण लेख छापा जैसे कि 'हेरॉल्ड' में छपा।[44]

विलबर ने यह कर दिया। कम-से-कम फ्रांस में राइट ब्रदर्स के बारे में होनेवाली आलोचनाएँ गायब हो गईं।

वर्जीनिया, 1908

लगभग ठीक इसी समय ऑरविल अमेरिकी सेना के समक्ष प्रदर्शन करने हेतु उड़ान भरने की तैयारी कर रहे थे। राइट ब्रदर्स और अमेरिकी सरकार के बीच बातचीत एक विशेष करारनामे पर पूरी हुई। अमेरिकी

सेना राइट ब्रदर्स के एक विमान को 25,000 डॉलर में तब खरीदने वाली थी (यह राशि उससे बहुत कम थी, जो राइट ब्रदर्स चाहते थे), यदि ऑरविल विमान में दो लोगों को साथ लेकर, जिनका संयोजित वजन 350 पाउंड था, को उड़ान भरने का प्रबंध कर लेते।

ऑरविल सन् 1908 में वाशिंगटन, डी.सी. पहुँचे। वे लाफायटे स्क्वायर नामक होटल में ठहरे, जो व्हाइट हाउस के बहुत ही करीब था। यह पहला मौका था, जब राइट परिवार का एक सदस्य संयुक्त राष्ट्र की संपूर्ण सत्ता को अपने हाथों में समेटनेवाले केंद्र के इतने करीब था। इ्योडोयरे रूजवेल्ट राष्ट्रपति के रूप में अपने दूसरे कार्यकाल के अंतिम वर्ष में थे, लेकिन इस हवाई उड़ान के प्रदर्शन को देखनेवालों में सबसे महत्त्वपूर्ण व्यक्ति उपराष्ट्रपति विलियम हावर्ड टाफ्ट थे। वहाँ अमेरिकी सेना के कई बड़े अधिकारी उपस्थित थे, जिनमें सिग्नल कोर ऑफिसर भी शामिल थे, जिन्हें ऑरविल बिल्कुल पसंद नहीं करते थे।

लेफ्टिनेंट थॉमस सेल्फ्रिज एक सैन्य अधिकारी थे, जो स्वयं एक विमान चालक थे। वे उसी समूह के सदस्य रह चुके थे, जिसका गठन सन् 1907 में अलेक्जेंडर ग्राहम बेल ने किया था और उन्होंने एक विमान में छोटी उड़ान भी भरी थी, जिसे ग्लेन कुरचिस के द्वारा डिजाइन किया गया था। सेल्फ्रिज वर्जीनिया के फोर्ट मेयर, जो कि राइट ब्रदर्स के प्रदर्शन करने का स्थान था, से अमेरिकी सेना का प्रतिनिधित्व कर रहे थे। लेकिन हम ऐसा कह सकते हैं कि उनमें और राइट ब्रदर्स में वैचारिक मतभेद था, क्योंकि वे उनके प्रतियोगी रह चुके थे।

ऑरविल ने अपनी पहली उड़ान 3 सितंबर को बिना किसी बाधा के भरी। वे उतनी ही अधिक ऊँचाई तक गए, जितने की सेना को आवश्यकता थी। लेकिन उनके सामने अब भी अपने साथ दूसरे यात्री को साथ ले जाने की समस्या थी। अत: ऑरविल और लेफ्टिनेंट सेल्फ्रिज ने 18 सितंबर को उड़ान भरी। उस दृश्य को उस समय की तसवीरों के

द्वारा कई प्रकार से प्रदर्शित किया गया। जैसे ही उन्होंने उड़ान भरने की तैयारी की, सेल्फ्रिज उदास नजर आ रहे थे। उनके बारे में 6 सितंबर को अपने भाई विलबर को लिखे पत्र में ऑरविल ने काफी खुलासे किए "मुझे बहुत ही खुशी होगी, यदि सेल्फ्रिज को इससे दूर कर दिया जाए। मुझे उन पर बिल्कुल भी भरोसा नहीं है। उनकी इस विषय में काफी गहन रुचि है और प्रायः मेरी उनसे डिनर इत्यादि के समय मुलाकातें हुई हैं, जहाँ उन्होंने मेरी खिंचाई करने की कोशिश की। वे काफी शिक्षित और स्पष्ट विचारोंवाले व्यक्ति हैं। मैं समझता हूँ कि वे मेरी पीठ पीछे वार करने की अच्छी साजिश रच सकते हैं।"[45]

17 सितंबर, 1907 को ऑरविल राइट और लेफ्टिनेंट थॉमस सेल्फ्रिज, जो आधिकारिक अवलोकनकर्ता के तौर पर कार्य कर रहे थे, ने राइट्स के एक विमान में वर्जीनिया के फोर्ट मेयर से उड़ान भरी। दुर्भाग्यवश, क्षतिग्रस्त नोदक के कारण विमान के दुर्घटनाग्रस्त होने से सेल्फ्रिज की मौके पर ही मौत हो गई।

जल्द ही 18 सितंबर को वे दोनों एक साथ हवा में थे। ऑरविल को अपने इंजन में कटौती करनी पड़ी। नोदक का एक ब्लेड हवा में ही टूट गया। यह लगभग टूट चुका था, शायद इसकी वजह से मोटर में दरार पड़ गई। विमान अपने सामनेवाले हिस्से से पलट गया और नीचे गिरने लगा।

आधुनिक युग के विमान चालकों को पहली बार इस गंभीर परिस्थिति का सामना करना पड़ा। लेफ्टिनेंट सेल्फ्रिज की मौके पर ही मौत हो गई; लेकिन ऑरविल तबाही से बाहर निकाल लिये गए। उन्होंने अपने उड़ान भरने के अब तक के सफर में कई बार विमान से नीचे गिरने और घायल होने की परिस्थितियों का सामना किया था, लेकिन उसमें ऐसा कुछ कभी नहीं हुआ था। इस दुर्घटना की खबर मिलने पर कैथरिन राइट ने अपनी अध्यापिका की नौकरी से छुट्टी ली और ऑरविल के पास वर्जीनिया पहुँच गईं। वहाँ से उन्होंने अपने घर पर अपने बड़े भाई लॉरिन को पत्र लिखते हुए बताया—

> ''मैंने देखा कि ऑरविल बहुत ही बुरी तरह से घायल हैं। उनके चेहरे पर कई चोटें आई हैं। उनकी बाईं आँख पर बहुत ही गहरी चोट लगी हुई है। उनके पैर को अभी-अभी, कल दोपहर को सीधा किया गया है। वे मेरा इंतजार कर रहे थे और जब मैं उनके पास गई तो उनका जबड़ा फड़कने लगा तथा आँखों में आँसू आ गए; लेकिन उन्होंने शीघ्र ही स्वयं को फिर से सँभाल लिया। केवल एक बार ही ऐसा समय आया, जब उनका स्वयं पर नियंत्रण नहीं रहा, जब उन्होंने मुझसे यह पूछा कि क्या मुझे पता है कि लेफ्टिनेंट सेल्फ्रिज की मौत हो चुकी है।''[46]

□

लेडी लिबर्टी और ग्रांड की कब्र

सन् 1908 के वर्ष तक विलबर ले मेंस में उड़ान भर चुके थे तो वहीं दूसरी ओर ऑरविल की फोर्ट मेयर में भयंकर दुर्घटना हो चुकी थी। न्यूयॉर्क शहर अनधिकारिक तौर पर संयुक्त राष्ट्र की राजधानी बन चुका था। वैसे इसमें भी कोई संदेह नहीं कि वाशिंगटन डी.सी. उस समय की वास्तविक राजधानी थी; लेकिन न्यूयॉर्क सबसे प्रमुख शहर बन रहा था।

पहली गगनचुंबी इमारत का निर्माण 1880 के दशक में हुआ और इसके बाद कई अन्य गगनचुंबी इमारतों का निर्माण इस तेजी के साथ हुआ कि मैनहटन को शीघ्र उसकी विशेष गगनचुंबी इमारतों के लिए जाना जाने लगा। प्रतिदिन बड़ी संख्या में न्यूयॉर्क बंदरगाह पर पानी के जहाजों की भीड़ रहने लगी। लाखों में नहीं तो हजारों की संख्या में लोग रोज अपने काम के लिए जाने लगे। उनके इस क्रियाकलाप ने उत्तरी अमेरिका में मैनहटन को गतिविधियों के कारण सबसे अधिक व्यस्त स्थल बना दिया। संपूर्ण रूप से समृिद्धशाली, विशेष तौर पर आर्थिक एवं बीमा के क्षेत्र में होने के प्रथम दृष्टि से लंदन अब भी न्यूयॉर्क शहर को मात दे रहा था; लेकिन इन दोनों शहरों का ध्यानपूर्वक अवलोकन करनेवाला व्यक्ति अपने पूर्वानुमान से यह बता सकता था कि अंतत: न्यूयॉर्क लंदन से आगे निकल जाएगा।

यही वह शहर था, जिसे सन् 1909 में विलबर परास्त करने के लिए आए थे।

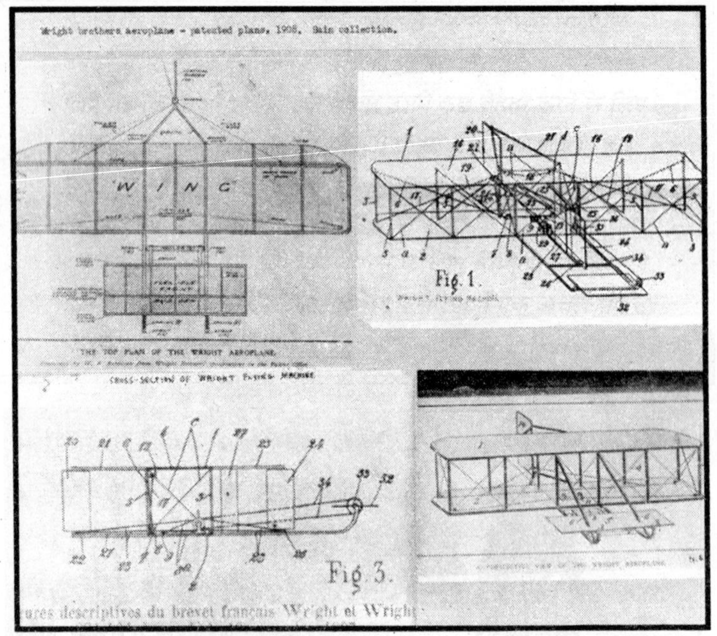

मई 1906 में राइट ब्रदर्स को उड़नेवाली मशीनों के लिए संयुक्त राष्ट्र में पेटेंट प्रदान किया गया और अगले कुछ वर्षों में उन्हें पाँच और देशों से इसके लिए पेटेंट प्राप्त हुआ। यहाँ पर दी गई तसवीर में उनके विमानों की विशेषताओं को दरशाया गया है। इस सन् 1908 में रेखांकित किया गया था।

क्षति की पुनः प्राप्ति

सन् 1908 में राइट परिवार को काफी बुरे दौर से गुजरना पड़ा, जिसने उन्हें पूरी तरह से हिला दिया। विमान के दुर्घटनाग्रस्त होने पर ऑरविल को चोटें लगीं, जो काफी गंभीर थीं और हालाँकि वे उनसे उबर चुके थे, लेकिन चोटों के कारण उठनेवाले दर्द को उन्हें ताउम्र झेलना पड़ा।

इस दुर्घटना से राइट ब्रदर्स की छवि को भी गहरा धक्का लगा था। इस हादसे के लिए किसी ने भी राइट ब्रदर्स को पूरी तरह से जिम्मेदार नहीं ठहराया और अमेरिकी सेना ने राइट ब्रदर्स के साथ विमान को खरीदने संबंधी किए गए अपने करार को भी पूरा किया; लेकिन लोगों ने राइट ब्रदर्स और ग्लेन कुरचिस के बीच के मतभेद के बारे में बातें करना जारी रखा। निस्संदेह ही ऑरविल पर यह आरोप लगाना कि वे लेफ्टिनेंट को जानबूझकर क्षति पहुँचना चाहते थे (जबकि वे स्वयं इतने गंभीर रूप से घायल हो गए थे) बकवास था, लेकिन लोगों ने इस बारे में व्यर्थ बातचीत करना जारी रखा।

सन् 1909 तक आर्थिक रूप से राइट्स का भविष्य पूरी तरह से सुरक्षित हो चुका था। अब उनके पास हमेशा पर्याप्त धन रहता। फ्रेंच और अमेरिकी दोनों सरकारें उनके विमानों को खरीदना चाहती थीं। लेकिन अब राइट ब्रदर्स पंखों को मोड़ने के संबंध में अपने पेटेंट के क्षेत्र में भी विस्तार करना चाहते थे (उस समय तक उनको छह देशों से पेटेंट प्राप्त हो चुका था), जिससे कि उनके इस आविष्कार से कोई अन्य व्यक्ति लाभ न कमा सके।

इस समय तक विलबर और ऑरविल अपनी विमान चालक की पहचान टोपी को छोड़ने के लिए तैयार हो चुके थे। फोर्ट मेयर में ऑरविल के साथ हुई दुर्घटना आकाश में उड़ान भरने संबंधी खतरों का संकेत थी। लेकिन अपने करारों और पेटेंट की सफलता को आश्वस्त करने के लिए उन्होंने उड़ान भरने की उस शृंखला पर अपना ध्यान केंद्रित कर दिया, जो उनके कॅरियर की अंतिम उड़ान बनने वाली थी।

सन् 1909 के आरंभ में ऑरविल और कैथरिन फ्रांस के लिए रवाना हो गए। इस समय कैथरिन ऑरविल की नर्स की भूमिका में थी। एक ऐसा व्यक्ति, जो उन्हें सँभालती थी। उन्होंने अपने भाई के लिए अध्यापिका की नौकरी छोड़ दी और कई वर्षों तक अपने भाई की

केयरटेकर बनी रहीं। वे फ्रांस पहुँचे और अपने भाई विलबर से मिले, जो वहाँ पर कुछ वर्षों से अपने काम को जारी रखे हुए थे। फ्रांस पहुँचने के बाद ही ऑरविल और कैथरिन को इस बात का पता चला कि उनके भाई के द्वारा किए गए कार्य ने राइट्स को कितना प्रसिद्ध कर दिया है।

यद्यपि वे जानते थे कि ऑरविल के साथ फोर्ट मेयर में क्या हुआ है, विलबर वहाँ पर प्रेस से रू-बरू हुए। सन् 1908 की शरद् ऋतु में वे अपने प्रदर्शन को ले मेंस से हटाकर दक्षिण-पश्चिम फ्रांस स्थित पाव ले गए, जहाँ पर मौसम अधिक बेहतर था। पाव ने और भी अधिक महत्त्वपूर्ण यूरोपियाई नेताओं को अपनी ओर आकर्षित किया, जिसमें राजशाही भी सम्मिलित थे। पुर्तगाल के राजा अलफांसो विलबर से बात करने के लिए आए और राइट ब्रदर्स के एक विमान में बैठे, हालाँकि उसमें बैठकर वे आकाश में नहीं उड़े।

कैथरिन राइट का संपर्क यूरोपियाई प्रेस से सीधे तौर पर हुआ। उनके आकर्षक लक्षणों एवं स्वाभाविक सौंदर्य ने उन्हें बहुत से लोगों का प्रिय बना दिया और उनकी विभिन्न भाषाओं की जानकारी ने भी उनके काम में पूरी सहायता की। कुछ लोग उनको परफेक्ट अमेरिकी महिला कहते। वे भी किसी राष्ट्र की ऐसी पहली महिला बनीं, जिसने विमान की यात्रा विलबर के साथ तब की, जब विमान का स्वाभाविक नियंत्रण विलबर के हाथों में था।

सन् 1909 की गरमियों के मध्य तक राइट्स ने अपनी योजनाएँ बना ली थीं। विलबर और कैथरिन वापस घर लौटने वाले थे, जबकि ऑरविल यूरोप में ही एक बड़े प्रदर्शन में उड़ान भरने के लिए रुकने वाले थे, जो आनेवाले समय में पड़ने वाला था। एक बार फिर दोनों भाई एक ही समय पर 3,000 मील से भी अधिक दूरी पर होते हुए एक साथ उड़ान भरने वाले थे और एक बार फिर दावे बहुत ऊँचे थे।

हडसन-फुल्टन प्रदर्शनी

सन् 1909 का वर्ष हेनरी हडसन के द्वारा नदी की खोज करने का 300वाँ वर्ष था, जो आज उनके नाम को धारण किए हुए थी। यह रॉबर्ट फुल्टन के द्वारा मैनहटन से अल्बेनी तक के लिए हडसन नदी के ऊपर से गुजरते हुए क्लेयरमोंट विमान का संचालन करने की सौवीं सालगिरह भी थी। न्यूयॉर्क शहर के अधिकारी चाहते थे कि सन् 1909 के हडसन-फुल्टन प्रदर्शनी के समारोह को पूरे हर्षोल्लास के साथ मनाया जाए, जिसमें विदेशों से आए जहाजों, आतिशबाजी और निस्संदेह ही विमानों के द्वारा आकाश में कुछ भव्य उड़ानों को सम्मिलित किया जाए।

राइट ब्रदर्स यह जानते थे कि सन् 1904 में मिसौरी के सेंट लुइस में आयोजित विश्व मेले की प्रतियोगिता में भाग न लेकर उन्होंने गलती की। अपनी गलती को दोबारा न दोहराने का निश्चय करते हुए विलबर ने गवर्नर्स आयरलैंड की यात्रा—सितंबर माह के प्रारंभिक दौर में ठीक मैनहटन की यात्रा से पूर्व—की।

अमेरिकी प्रेस ने राइट ब्रदर्स के प्रति अपने व्यवहार में बदलाव में काफी समय लिया; लेकिन उन्होंने उस वर्ष की शरद् ऋतु में विलबर पर बहुत बड़ा हंगामा किया। विलबर के आने के कुछ ही दिनों में उनका 'न्यूयॉर्क टाइम्स' के द्वारा साक्षात्कार किया गया, जिन्होंने कुछ वर्ष पूर्व ही जनसाधारण के बीच इस अवधारणा का प्रसार किया था कि मानव उड़ान भरने के बारे में सोच भी सकता है।

उनके उड़ान भरने के कुछ समय बाद ही विलबर से गवर्नर्स आयरलैंड की स्थिति के बारे में पूछा गया।

> ''यह मेरे द्वारा भरी गई सभी उड़ानों से बेहतर है और इसका फोर्ट मेयर के साथ भी कोई मुकाबला नहीं है। यहाँ पर जो क्षेत्र उपलब्ध है, वह यहाँ उपस्थित पहलेवाले परेड स्थल से अधिक बड़ा नहीं है। मुझे नहीं लगता कि मेरे भाई ने यहाँ

पर जिस शानदार तरीके से उड़ान भरी थी, उसका अनुभव दोबारा किया जा सकता है।"[47]

विलबर जब प्रेस से मुखातिब हुए तो उन्होंने ऑरविल के नाम को संदर्भित करने का पूरा-पूरा प्रयास किया; लेकिन लोगों पर इस बात का गहरा प्रभाव था कि उन दोनों की टीम में वे वरिष्ठ और अधिक अनुभवी साझेदार हैं, जो अपने कनिष्ठ की पीठ थपथपा रहे हैं। 'टाइम्स' द्वारा विलबर से उड़ान भरने संबंधी और मैनहटन के आस-पास के खतरों के बारे में पूछा गया। क्या वे उस प्रारूप को लेकर चिंतित नहीं थे, जो उन्हें गगनचुंबी इमारतों के साथ-साथ बंदरगाह पर उपस्थित हजारों जहाजों की उपस्थिति से सामने आया है?

"मैं केवल इतना करूँगा कि एक बड़े सुरक्षित विशाल व समतल छत की उतरने के लिए तलाश करूँगा। वास्तव में, यहाँ पर केवल एक बड़ा खतरा उड़ान के समय गगनचुंबी इमारतों के किनारों से विमान के टकराने का है; लेकिन मुझे ऐसा लगता है कि मशीन को सुरक्षित तरीके से अपने नियंत्रण में रखा जा सकता है, जिससे कि ग्लाइडर को संतोषजनक ढंग से नीचे उतारा जा सके। यदि ऐसा समय आया तो मैं इस परिस्थिति में सुरक्षित तरीके से बाहर आने के लिए पूरा-पूरा प्रयास करूँगा।"[48]

वे इसका अर्थ समझते थे या नहीं, फिर भी विलबर दिग्गज राइट के नाम को वर्षों तक बनाए रखने में सहायता कर रहे थे। क्या उस समय के अन्य विमान चालकों में से किसी में इतना साहस था?

केवल एक में इतना साहस था—ग्लेन कुरचिस।

उस समय कुरचिस और राइट्स में जबरदस्त टक्कर थी। कुछ सप्ताह पूर्व ही ऑरविल ने कुरचिस के खिलाफ पेटेंट का उल्लंघन

करने के लिए कानूनी काररवाई आरंभ कर दी थी। प्रश्न यह था कि क्या कुरचिस के द्वारा जहाज के पीछे की पतवार (कठोर व छोटे पंखों) का प्रयोग कर राइट ब्रदर्स के द्वारा अपने पंखों को मोड़ने के विषय में कराए गए पेटेंट का उल्लंघन किया गया था?

कुरचिस भी हडसन-फुल्टन प्रदर्शनी के लिए होनेवाली प्रतियोगिता में प्रवेश कर गए। वे और विलबर प्रतियोगिता के आरंभ होने से पूर्व गवर्नर्स आयरलैंड पर बहुत ही सामान्य ढंग से मिले। वे एक-दूसरे के साथ बहुत ही सौहार्दपूर्ण ढंग से व्यवहार कर रहे थे; लेकिन वे लोग, जो विलबर को जानते थे, उनका मानना था कि उनकी जबान उनके तालू के साथ चिपक चुकी थी (वे खुलकर अपने विचारों को प्रकट नहीं कर रहे थे)। वे सदा ही अपनी कानूनी लड़ाई को सार्वजनिक स्थलों के बजाय कागजी स्तर पर अधिक प्रभावशाली ढंग से लड़ते थे।

प्रेस ने अपने प्रश्न को दोहराना जारी रखा। एक विमान चालक किस ऊँचाई तक जा सकता है? वह कितने मील का सफर तय कर सकता है? 500 मील क्यों, शायद 1,000 मील। यह विलबर का इस प्रश्न पर तपाक से दिया गया उत्तर था। "यह केवल मानव की सहन-शक्ति का ईंधन की मात्रा के साथ मिलाया गया मामला है, जितना कि एक मशीन के द्वारा वहन किया जा सकता है—मैं 200 से लेकर 300 पाउंड तक की गैस लाइन को उठा सकता हूँ और यह मुझे एक लंबी दूरी की यात्रा पर ले जाने में सक्षम है।"[49] एक और प्रश्न—"क्या विलबर मैनहटन से अल्बैनी तक की हवाई यात्रा करने का प्रयास करेंगे?" इस प्रश्न पर विलबर के द्वारा दिया गया उत्तर—

> "आप फिर वहीं पर जा रहे हैं।" इसलिए मैं इसे समाचार-पत्र का प्रचलित होने का हथकंडा कहता हूँ। यह जनता द्वारा समय-समय पर की जानेवाली नित नई सनसनीखेज खबरों की माँग करने के अत्यधिक दबाव से जुड़ा हुआ है। यह उड्डयन के विज्ञान को पथभ्रष्ट कर रहा है। आज उड़ान

भरनेवाले बहुत से लोग बदनामी की इच्छा के लिए गुमराह होने की ओर अग्रसर हो रहे हैं। अब हम यह चाहते हैं कि हमारी हवाई यात्राएँ बहुत लंबी होने के बजाय जितना अधिक हो सके, जानकारी प्रदान करने वाली हों।''[50]

किसी भी व्यक्ति के पास उस समय विलबर की स्थिति को देखते हुए उनके साथ सहानुभूति जताने का एकमात्र मार्ग यह था कि वह इस बात को माने कि समय के पहिए को वापस मोड़ना किसी के लिए भी संभव नहीं। उड़ान भरने की प्रदर्शनी यहाँ पर होने वाली थी।

उड़ान

29 सितंबर की सुबह विलबर ने अपने विमान का अवलोकन किया। हडसन-फुल्टन की प्रदर्शनी उसके ठीक चौथे दिन थी। विमान के निचले भाग के साथ एक लंबी पतली नाव को विमान चालक के जीवन की रक्षा हेतु प्रथम उपाय के तौर पर जोड़ा गया था।

उन्होंने 15 मील प्रति घंटा की सामान्य रफ्तार से चलनेवाली हवा में उड़ान भरी और जल्दी ही वे गवर्नर्स आयरलैंड से गुजरते हुए मैनहटन के निचले शीर्ष पर पहुँच गए। उनकी उस हवाई यात्रा को हजारों की संख्या में लोग देख रहे थे और उनमें से अधिकांश के लिए यह वास्तविक रूप से देखी गई पहली हवाई उड़ान थी।

''वे इस कारनामे को पूरा करने जा रहे हैं!'' भीड़ में से लोग चिल्लाने लगे। वास्तव में विलबर स्टेच्यू ऑफ लिबर्टी के पास से गुजरने वाले थे। किसी ने भी ऐसा पहले कभी नहीं किया था, बल्कि कोई इसके आसपास नहीं पहुँच सका था। एक पल के लिए विलबर लोगों की आँखों के आगे से ओझल हो गए, फिर स्टेच्यू ऑफ लिबर्टी के दक्षिणी भाग में नजर आने लगे। यदि इसे पहले से योजनाबद्ध किया

गया होता तो उस पल यात्री जहाज लस्टियाना की ओर गतिशील होता। उस दिन लोगों ने न्यूयॉर्क के बंदरगाह पर पुराने और नए को एक साथ मिलते हुए देखा।

नीचे उतरने के पाँच मिनट से भी कम समय में विलबर को चार्ली से यह कहते हुए सुना गया कि "चार्ली, यहाँ पर सबकुछ बहुत अच्छा चल रहा है।" उनके प्रति सदा वफादार बने रहनेवाले उस कारीगर ने जवाब दिया कि "मुझे भी सबकुछ ठीक लग रहा है।"

सन् 1909 के सितंबर माह में राइट ब्रदर्स ने लोगों के बीच अपनी छवि को उस समय और भी मजबूत कर लिया, जब विलबर ने पाँच मिनट की उड़ान भरी, जिसमें उन्होंने गवर्नर्स आयरलैंड से उड़ान भरी और स्टेच्यू ऑफ लिबर्टी का चक्कर लगाया। विलबर द्वारा भरी गई इस उड़ान के साक्षी 10 लाख से अधिक लोग बने। इनमें वे लोग भी शामिल थे, जिन्होंने उड़ान भरकर नीचे उतरने के बाद विलबर को चारों ओर से घेर लिया।

उनके लिए इस उल्लेखनीय कार्य के पीछे एक प्रणाली थी, जिसका विकास उन दोनों ने मिलकर वर्षों में किया था। विलबर के उड़ान भरने से पूर्व सभी चीजों की जाँच, दोबारा जाँच और तीसरी बार जाँच की गई। वे आकाश में उड़ान भरने के तकनीकी पहलू और इस कार्य को सरल बनाने के विशेषज्ञ बन चुके थे।[51]

लुइस ब्लेरॉइट
(1872-1936)

इंग्लिश चैनल को पार करनेवाले पहले व्यक्ति

विमानन की अपनी विरासत पर गर्व करते हुए, जिसे उन्होंने 1780 के दशक में मोंटगोल्फायर्स ब्रदर्स के समय से सहेजकर रखा हुआ था, फ्रेंच लोगों ने इस सत्य को सिरे से खारिज कर दिया कि अमेरिकी—विशेषत: राइट ब्रदर्स—ने पहली बार आकाश में उड़ान भरने के कारनामे को सच कर अपने नाम कर लिया है। इसे बिना डरे माननेवालों में विशेष रूप से लुइस ब्लेरॉइट का नाम था, जिन्होंने अपना पूरा ध्यान कम वजनवाले मोनोप्लेन और बाईप्लेन का निर्माण करने की ओर केंद्रित किया हुआ था, जिसमें उनका ब्लेरॉइट वी. भी सम्मिलित था, जिसने सफलतापूर्वक उड़ान भरी थी। (हालाँकि वह उड़ान भरने के कुछ समय बाद ही दुर्घटनाग्रस्त हो गया था।)

सन् 1909 में 'लंदन डेली' ने उस विमान चालक को 1,000 यूरो की राशि इनाम स्वरूप देने का प्रस्ताव रखा, जो इंग्लिश चैनल को उड़ान भरकर सफलतापूर्वक पार कर लेगा। वर्ष के आरंभ में ही लगातार उड़ान भरकर यूरोपीय धैर्य रिकॉर्ड कायम करने के बाद इस रिकॉर्ड के लिए उन्होंने कुल 36 मिनट और 55 सेकंड की उड़ान भरी। उन्हें पूरा भरोसा था कि वे चैनल को पार करनेवाले पहले विमान चालक बनेंगे। 25 जुलाई, 1909 को विलबर राइट के मैनहटन के आसपास उड़ान भरने से कुछ दिन पूर्व ही ब्लेरॉइट चैनल के फ्रेंच भाग पर स्थित लेस बराक्वे (कालाइस के निकट) से चले और ब्लेरॉइट XI के पश्चिम से होते

हुए उत्तर-पश्चिम की ओर उड़े। इंग्लिश चैनल अपने तूफानी मौसम के लिए बदनाम था और कुछ समय के लिए ब्लेरॉइट मार्ग से भटक गए; लेकिन फिर उन्होंने इंग्लिश तट के पास कहीं पर चार स्टीमरों को देखा। उनका अनुसरण करते हुए उन्होंने डोवर में 40 मिनट की उड़ान भरते हुए 22 मील (35 किलोमीटर) की दूरी तय करते हुए इंग्लिश चैनल को पहली बार पार करनेवाले व्यक्ति का खिताब प्राप्त किया।

उस दिन ग्लेन कुरचिस ने भी एक उड़ान भरी; लेकिन वह लोगों को आश्चर्यचकित करने के आसपास भी नहीं पहुँच पाई थी। विलबर उस पूरे शो के एकमात्र नायक बन चुके थे।

इसके एक सप्ताह बाद अक्तूबर माह के आरंभ में विलबर ने पहले से अधिक साहसिक उड़ान भरी। मैनहटन के संपूर्ण क्षेत्र को मापने की अब तक बातें तो बहुत होती थीं, लेकिन अब तक किसी ने भी इस कार्य को करने का प्रयास नहीं किया था। वहाँ पर सैकड़ों की संख्या में नहीं तो दर्जन भर समस्याएँ तो अवश्य थीं, जिसमें हवा का कोई पूर्वाभास न होना, हवा के इतना अप्रत्याशित होने का कारण मैनहटन में कई गगनचुंबी इमारतों पर से हवा का बहाव भी था। लेकिन फिर भी विलबर ने उड़ान भरी।

गवर्नर्स आयरलैंड से शुरुआत करने के साथ वे उत्तर-पश्चिम से होते हुए उत्तर की तरफ ग्रांड की कब्र की ओर गए, जो द्वीप के उत्तर-पश्चिम में स्थित थी। अपने क्राफ्ट को मोड़ते हुए विलबर मैनहटन की पूर्व दिशा में उड़ते हुए सुरक्षित तरीके से गवर्नर्स आयरलैंड पर वापस नीचे उतर आए। यह विलबर के उड़ान भरने से जुड़े अब तक के कॅरियर में सबसे शानदार उड़ान थी और यह उनकी अंतिम उड़ान भी थी। जल्द ही उन्हें पेटेंट की सुरक्षा इसका उल्लंघन करने के खिलाफ करने के लिए नीचे आना था। लेकिन उस पल के लिए वे न्यूयॉर्क और अमेरिका के भी हीरो बन चुके थे।

कुछ दिनों के बाद ही विलबर के पास पार्क एवेन्यू में एक युवा बैंकर मिलने आया। विलबर में उसने जो अद्भुत क्षमता देखी थी, उससे उत्साहित उस 24 वर्षीय युवक ने विलबर के समक्ष राइट फ्लाइंग कंपनी की नींव रखने का प्रस्ताव रखा। उस समय विलबर केवल 42 वर्ष के थे। लेकिन उनके और उस 24 वर्ष के युवा व्यक्ति के बीच संख्याओं का जो अंतर था, वह बहुत ही गहरा प्रतीत हो रहा था। उन्होंने इस समझौते को स्वीकार कर लिया, यद्यपि उस समझौते में क्लिंब्न ने स्वयं को वित पक्ष का माहिर बनाया और विलबर को अपने जहाजों का। राइट कंपनी का गठन कुछ सप्ताह के पश्चात् हुआ। विलबर और ऑरविल को इस सौदे में काफी अच्छी नकद धन राशि, भविष्य के लिए स्टॉक का विकल्प और यह वादा कि यह नई कंपनी उनके पेटेंट को सुरक्षित रखने में होनेवाले सभी व्ययों को वहन करेगी, प्राप्त हुआ।

□

राइट्स की विरासत का संरक्षण

राइट्स के लिए यह दुर्भाग्यपूर्ण था कि मैनहटन में मिली सफलता के बाद उनके लिए चीजें बड़ी तेजी से नीचे की ओर आने लगीं। ऐसा नहीं था कि राइट्स सभी लड़ाइयाँ हार गए या उनकी स्थिति बहुत ही दयनीय हो गई; लेकिन प्रसिद्धि और सौभाग्य के लिए राइट परिवार के प्रत्येक सदस्य को काफी ऊँची कीमत चुकानी पड़ी।

सन् 1909 के बाद विलबर ने केवल एक बार उड़ान भरी और वह एक यात्री के तौर पर भरी गई उड़ान थी। शायद वे निरंतर चल रही जाँचों और पुनः जाँचों, जो कि एक विमान चालक को करनी पड़ती थीं, से थक चुके थे या शायद उन्होंने अब यह निश्चय कर लिया था कि अब उस खतरे का कोई मूल्य नहीं रह गया है। लेकिन इन सब में बड़ी बात यह थी कि वे इस कानूनी लड़ाई में व्यस्त थे कि उड़ान भरने संबंधी अधिकार किसका है।

राइट के पास कुल छह देशों के द्वारा प्रदान किया गया जो पेटेंट अधिकार था, वह सभी पंखों को मोड़ने की तकनीक से संबंधित था। पेटेंट की भाषा के अनुसार राइट को प्रत्येक बार तब रॉयल्टी-स्वरूप रकम प्राप्त होनी चाहिए, जब भी कोई इस तकनीक का प्रयोग कर विमान का निर्माण करता या उसको बेचता है। यहाँ पर समस्या यह थी कि सन् 1910 के बाद से ग्लेन कुरचिस और अन्य लोग पंखों को मोड़ने

की तकनीक से अलग हटकर इस दिशा में काम करने लगे थे। उन्होंने मूलभूत अवधारणा को अपनाया, लेकिन इसमें जहाज के पीछे की पतवार का निर्माण करते हुए कुछ सुधार भी किया, जो अधिक सख्त व मजबूत होता और इसे विमान चालक को अपेक्षाकृत कम नियंत्रित करने की आवश्यकता होती। ग्लेन कुरचिस और अन्यों के अनुसार, वे लोग विंग वारपिंग (पंखों को मोड़ने) की अवधारणा को छोड़ चुके थे, इसलिए राइट ब्रदर्स को भुगतान करने का प्रश्न ही नहीं उठता था।

यह कहा जा सकता है कि राइट ब्रदर्स और कुरचिस के बीच जो मन-मुटाव था, वह संवादहीनता था। उन दोनों के बीच गुस्सा, कड़वाहट और एक समय पर वास्तव में एक-दूसरे के लिए नफरत थी। कैथरिन राइट को अपने विनम्र स्वभाव और मेहमाननवाजी के लिए जाना जाता था। कुरचिस के प्रति उनके मन में इतनी अधिक घृणा थी कि उन्होंने बिना द्वेष कुरचिस का नाम शायद ही कभी लिया हो।

इन सबके बीच विलबर और ऑरविल दोनों की इच्छा कानूनी लड़ाई से अपना पीछा छुड़ाने की थी; लेकिन एक बार जब प्रक्रिया आरंभ हो गई, वे उसके लिए लड़ाई को लड़ने से पीछे नहीं हट सके, जिसके बारे में उनका मानना था कि न्यायपूर्ण तरीके से वह उनका अधिकार था। सन् 1910 और 1911 के समय में उन्होंने कई बार अदालत के चक्कर काटे। अदालत में लगाया गया प्रत्येक चक्कर राइट ब्रदर्स की कुछ शक्ति को समाप्त कर देता था। राइट्स को इस लड़ाई का खामियाजा भुगतना पड़ रहा था; लेकिन इस पूरे मामले से उनकी थकान बीतते समय के साथ बढ़ती जा रही थी।

इसके विपरीत, ग्लेन कुरचिस इस चुनौती के लिए पूरी तरह से तैयार थे और सोचते थे कि उनका पक्ष हर प्रकार से मजबूत है। संभवत: राइट ब्रदर्स कुरचिस के साथ अपनी कानूनी लड़ाई को बहुत पहले ही जीत चुके होते, यदि उन्हें एक अन्य आविष्कारक हेनरी फोर्ड का साथ सहायक

के तौर पर नहीं मिला होता। ऑटोमोबाइल के क्षेत्र में प्रारंभिक स्तर पर महत्त्वपूर्ण योगदान देनेवाले हेनरी फोर्ड कुरचिस के साथ सहानुभूति रखते थे, क्योंकि उन्होंने भी ठीक इसी प्रकार की पेटेंट संबंधी लड़ाई जॉर्ज सेल्डन के साथ लड़ी थी। फोर्ड ने कुरचिस की सहायता धन और दक्षता के साथ की; लेकिन इसके बावजूद लड़ाई में जीत राइट्स की हुई। लेकिन विडंबना यह थी कि जिस समय राइट परिवार ने अदालत में लड़ाई जीती, ठीक उसी समय उनकी अपनी कंपनी बहुत सारे उन सह पक्षों का उपयोग कर रही थी, जिसे कुरचिस और उनकी कंपनी ने ईजाद किया था।

हालाँकि राइट ब्रदर्स अधिकतर कानूनी लड़ाइयाँ जीत चुके थे, लेकिन वे आम लोगों तथा अपने कुछ पुराने मित्रों के साथ अपने सीधे संपर्क को बनाए रखने की लड़ाई हारने लगे थे। मित्रों के साथ संबंध बिगड़ने की सबसे बड़ी शुरुआत ओक्टावे शैनूटे के साथ संबंधों के बिगड़ने से हुई। वास्तव में, दोनों भाइयों और उनके निकटतम मित्र शैनूटे के बीच मन-मुटाव की स्थिति काफी लंबे समय से बनी हुई थी; लेकिन अब तक दोनों ही पक्षों ने इस मन-मुटाव के गंभीर परिणाम की स्थिति को आने नहीं दिया था। शैनूटे के प्रति दोनों भाइयों के मन में खटास सन् 1903 के समय में तब आई, जब उन्होंने फ्रेंच दर्शकों के समक्ष विमानन के क्षेत्र से जुड़े उनके कुछ रहस्यों को खोल दिया और फिर उन्होंने यह प्रस्ताव रखने का दु:स्साहस किया कि वे अपने प्रयोगों को छोड़कर उनके लिए काम करें। राइट ब्रदर्स के प्रति शैनूटे के मन में कड़वाहट के बारे में कोई स्पष्ट प्रमाण नहीं मिलते; लेकिन पिछले वर्षों में ऐसा कई बार हुआ कि उन्होंने समाचार-पत्रों में छपे राइट ब्रदर्स के साक्षात्कारों में ऐसा पढ़ा कि उनकी इस सफलता में किसी का कोई सहयोग नहीं रहा है। वे किसी के भी आभारी नहीं हैं। शैनूटे ने सोचा कि वे उनसे बहुत दूर जा चुके हैं और उन्होंने ऐसा कहा भी है। एक समय ऐसा भी आया कि राइट बंधुओं ने अखबार के इस कथन पर अपनी सफाई देते हुए

कहा कि इस कथन से उनका तात्पर्य यह था कि आर्थिक रूप से अपने प्रयोगों के लिए उन्होंने किसी से भी सहायता नहीं ली है और इसलिए वे किसी के भी ऋणी नहीं हैं। लेकिन सन् 1910 में 'न्यूयॉर्क वर्ल्ड' के द्वारा शैनूटे का साक्षात्कार किया गया और उन्होंने कहा कि—

> "मैं राइट ब्रदर्स का सम्मान करता हूँ। इस क्षेत्र में उन्होंने जिन उपलब्धियों को प्राप्त किया है, उसके लिए मैं उनके प्रति स्नेहशीलता महसूस करता हूँ। लेकिन आप आसानी से इस बात का अंदाजा लगा सकते हैं कि हाल ही में विलबर राइट के द्वारा कहे गए कथनों से इस समय मैं उनके इस रवैए से उनके लिए चिंतित महसूस कर रहा हूँ। मैंने उससे कहा कि मुझे यह देखकर बहुत ही दुःख हो रहा है कि उन्होंने दूसरे प्रयोगकर्ताओं के साथ कानूनी लड़ाई छेड़ दी है और उन्हें इस क्षेत्र की प्रतियोगिताओं व प्रतिस्पर्धाओं में प्रवेश करने से रोक रहे हैं; जबकि दूसरे लोग भी शानदार तरीके से जीतकर ख्याति प्राप्त करने में सक्षम हैं।"[52]

शैनूटे ने आगे कहा कि उनको इस बात पर संदेह है कि विंग वारपिंग की तकनीक को अन्य लोगों के कारण ही राइट ब्रदर्स के द्वारा पेटेंट किया जा सका—काफी पहले सन् 1870 के दशक में ही इसके बारे में लिखा जा चुका था। 'न्यूयॉर्क वर्ल्ड' में छपे इस साक्षात्कार के बाद आगे चलकर कुछ कड़वाहट भरे पत्रों का विनिमय शैनूटे और विलबर के बीच हुआ, जिसमें दोनों पक्ष अपनी बात पर अड़े हुए थे। विलबर विशेष तौर पर इसलिए भी शैनूटे से खफा थे कि उन्होंने इस बात को अंतर्निहित किया था कि राइट ब्रदर्स भी धन कमाने की ओर अग्रसर हैं। शैनूटे को लिखे एक पत्र में विलबर ने लिखा कि—

"जहाँ तक अत्यधिक धन कमाने की इच्छावाले व्यक्ति

की बात है, तो ऐसी इच्छा रखनेवाले केवल आप ही हमसे परिचित हैं, जिन्होंने हम पर इस प्रकार का आरोप लगाया है। हमारा मानना है कि हम जिस शारीरिक व आर्थिक जोखिम को वहन करते हैं और इस संसार को जो सेवा प्रदान कर रहे हैं, हमें पूरे सम्मान के साथ जीवन जीने का पर्याप्त अधिकार है। यह अतिरिक्त आय हमारे लिए अपने भविष्य के समय को व्यवसाय के बजाय वैज्ञानिक प्रयोगों के लिए समर्पित करने हेतु पर्याप्त है।''[53]

समस्या का मलू बिंदु यह था कि शैनूटे हमेशा ऐसा सोचते थे कि राइट ब्रदर्स जो कुछ भी करते हैं, वे उनके लिए उससे अधिक महत्त्व रखते हैं। शुरुआती दौर में सन् 1894 में लिखी गई उनकी पुस्तक 'प्रोग्रेस इन फ्लाइंग मशीन्स' ने उनकी बहुत मदद की, जो उड़ान भरने के लिए उत्सुक थे और उन्होंने प्राय: राइट ब्रदर्स की ओर भी सहायता का हाथ बढ़ाया; लेकिन अपने काम के व्यापक भाग को राइट ब्रदर्स ने अकेले ही पूरा किया। उन्होंने सदा ही अकेले चलने का मार्ग चुना, चाहे वह सफलता का मार्ग हो या असफलता का। और अब, जब वे शिखर तक पहुँच गए थे तो वे अपनी सफलता को भुनाना चाहते थे; लेकिन ऐसा प्रतीत हो रहा था कि शैनूटे इसमें बाधक बन रहे थे। विलबर ने शैनूटे को लिखे पत्र को यह कहते हुए समाप्त किया कि ''यदि कोई ऐसा सीधा मार्ग है, जिसके द्वारा आपको और हमें दोनों को संतुष्ट किया जा सके तो हम उस मार्ग को अपनी ओर से अपनाने के न केवल इच्छुक हैं, बल्कि उत्सुक भी हैं। वर्तमान में जो हालात बने हुए हैं, उससे हमें किसी प्रकार की खुशी प्राप्त नहीं होती। हमारी ऐसी कतई इच्छा नहीं है कि हम उस व्यक्ति से लड़ाई करें, जिसके प्रति हम अपने मन में कृतज्ञता का भाव बनाए रखने हेतु बाध्य हैं।''[54]

स्थिति

ऐसा प्रतीत नहीं होता था कि राइट्स धन में रुचि लेनेवाले या आराम को अत्यधिक पसंद करनेवाले व्यक्ति हैं; लेकिन शायद कई अन्य लोगों की तरह वे उसी दिशा में अपने भविष्य को सुरक्षित करने के लिए सोचते थे, क्योंकि अब वे बुढ़ापे की ओर अग्रसर थे। सन् 1912 में उनके डेटन स्थित लंबे समय से बने हुए घर से मीलों दूर भव्य हवेली के निर्माण का कार्य प्रारंभ हुआ। मिल्टन राइट लंबे समय से खुशी और शांति का इंतजार कर रहे थे। वे अपने परिवार से घिरे रहना चाहते थे और वे चाहते थे कि उनके बेटे पेटेंट और अधिकार के लिए चल रही कानूनी लड़ाई को लेकर चिंतित न रहें। शायद उन्होंने और कैथरिन ने ही भाइयों को ऐसा करने के लिए राजी किया; लेकिन सन् 1912 के मई माह के आरंभ में विलबर बीमार पड़ गए।

उन्होंने बोस्टन में आयोजित एक डिनर के दौरान समुद्री भोजन कर लिया, जो उनके लिए उपयुक्त सिद्ध नहीं हुआ और डेटन वापस आने के बाद उनको मियादी बुखार हो गया। वही रोग, जिसने 1890 के दशक में ऑरविल को घेर लिया था और बहुत मुश्किल से उनकी जान बच पाई थी। मौत को करीब से देखने के उस अनुभव ने राइट बंधुओं को अपने पानी को किसी भी प्रकार दूषित होने के प्रति अत्यधिक जागरूक और सतर्क बना दिया था।

लेकिन विलबर की हालत स्थिर बनी हुई थी। उनकी स्थिति में थोड़ा सा सुधार होता और फिर वे बेहोशी की स्थिति में चले जाते। 30 मई, 1912 को उनकी इस बीमारी के कारण मृत्यु हो गई।

मिल्टन राइट ने अपनी डायरी में लिखा—"विलबर की मृत्यु हो गई और उसे दफना दिया गया! हम सभी व्यथित हैं। ऐसा संभव नहीं प्रतीत हो रहा है कि वह चला गया। संभवत: ऑरविल और कैथरिन को उसके जाने का दु:ख सबसे अधिक है। वे बहुत कम बोल रहे हैं। बहुत

से पत्र आए। एजरा कहंस आए और विलबर की वसीयत पढ़ी। हमारे लिए उसकी प्रतियाँ छोड़ गए। ऑटो में ऑरविल के साथ 20 मील की यात्रा।''[55] सारा संसार विलाप कर रहा है। संयुक्त राष्ट्र के विभिन्न हिस्सों से हजारों की संख्या में फूल आए। प्रत्येक समाचार-पत्र और पत्रिका में विलबर को श्रद्धांजलि दी गई थी। 'न्यूयॉर्क टाइम्स' ने उनकी एक तसवीर को प्रकाशित किया, जिसमें वे हमेशा की तरह कठोर और पूरी तरह से आत्मविश्वासी दिख रहे थे। विलबर को दी गई श्रद्धांजलियों में से सबसे बेहतर एक फ्रेंच समाचार-पत्र में छपी—

सन् 1912 में ऑरविल राइट ने डेटन, ओहाइयो में एक आलीशान भवन का निर्माण आरंभ किया, जहाँ पर उनका परिवार एक साथ समय व्यतीत कर सके। उस भवन का निर्माण कार्य सन् 1914 में पूरा हुआ। ऑरविल के उस घर के सामने बैठे राइट्स परिवार के कुछ सदस्यों को यहाँ पर तसवीर में दिखाया गया है। इसमें ऑरविल राइट (बाएँ से तीसरे) मिल्टन (केंद्र में) और कैथरिन (दाएँ से तीसरी) को भी सम्मिलित किया गया है।

"एक अकेला जिज्ञासु व्यक्ति, जो पक्षियों की जैसी प्रवृत्ति वाला था, जिसे हमने सन् 1908 में ले मेंस में देखा था, जिसके अधीन आकाश में उड़ने का रहस्य था। सन् 1903 से भाई ऑरविल की सहायता के साथ आगे बढ़े, उत्तरी कारोलिना की रेतीली भूमि पर पहली बार यांत्रिकी मशीन के साथ प्रयोग किया। यह प्रयोग पूरी तरह से उनके अपनी कल्पना-शक्ति से प्रेरित था। उन्होंने इसके पंखों का निर्माण किया, मोटी का आविष्कार किया, जिसने उसे बनावटी जीवन प्रदान किया। इस जीवन ने इसे विलबर की इच्छा का अनुसरण करने हेतु तैयार कर दिया। यह कहा जा सकता है कि विश्व ने उनके रहस्य को अनुचित ढंग से अपना लिया। कितना खेदजनक है, हालाँकि हाल ही में ऐसे प्रयास किए गए, जिससे कि उनको उस उपलब्धि के लाभ से वंचित किया जाए, जो पूरी तरह से उनकी प्रतिभा के बल पर प्राप्त हुई थी।"[56]

एक वर्ष के पश्चात् पूरा परिवार उस भवन में रहने के लिए चला गया, जिसे जल्द ही हॉथोर्न हिल्स के नाम से जाना जाने वाला था। यह परिवार बाहर से देखने में तो खुशहाल और सुरक्षित प्रतीत होता था, लेकिन नई जगह में रहने के कारण उनका जीवन कभी पहले की तरह आरामदायक और खुशहाल नहीं रह सका। विलबर ने उस परिवार में कुछ ऐसा योगदान दिया था, जो उनके लिए बहुत ही महत्त्वपूर्ण था। यह कहना परिवार के अन्य सदस्यों के साथ ज्यादती होगी कि वे परिवार का आधार स्तंभ थे, लेकिन वे सबके बहुत ही करीब थे।

अपने अंतिम वर्षों में ऑरविल राइट स्मिथसोनियन संस्थान के साथ एक विवाद में फँस गए, जिसमें यह दावा किया गया कि सैमुअल पियरेपाट लैंगली के द्वारा राइट ब्रदर्स के उड़ानेवाली मशीन का निर्माण करने से पूर्व एक ऐसी मशीन का निर्माण किया गया था, जो कि उड़ान भरने में सक्षम थी। यहाँ पर ऑरविल राइट की जो तसवीर प्रदर्शित की गई है, इसे सन् 1946 में उनकी मृत्यु से दो वर्ष पूर्व लिया गया था। यहाँ पर वे एक पवन सुरंग संतुलन यंत्र के साथ हैं।

ऑरविल लंबे समय तक विमानन के क्षेत्र में नहीं रहे। उन्होंने यह कबूल किया कि उनकी इस व्यवसाय में रहने की इच्छा नहीं थी (यह उनके भाई विलबर की इच्छा थी)। ऑरविल ने सन् 1915 तक राइट कंपनी में अपने सभी अंशों को बेच दिया। उनके पास अब इतना धन

था कि वे अपनी सेवानिवृत्ति के समय का पूरा-पूरा आनंद ले सकें। ऑरविल ने कई वर्षों तक भिन्न-भिन्न यांत्रिकी यंत्रों के साथ काम किया; लेकिन वे किसी ऐसे परिणाम को प्राप्त नहीं कर सके जैसे कि उन्होंने और उनके भाई ने साथ मिलकर प्राप्त किए थे।

मिल्टन राइट की मृत्यु सन् 1917 में 88 वर्ष की आयु में हुई। इसके लगभग दस वर्ष के बाद कैथरिन राइट का भी स्वर्गवास हो गया। 52 वर्ष की आयु में उन्होंने अपने भाई ऑरविल को बताया कि वे अपने कॉलेज के दिनों, जो कि ओबरलिन में बीते थे, के एक दोस्त से विवाह करने जा रही हैं।

उनके इस निर्णय से क्षुब्ध उन्होंने स्वयं को परित्यक्त महसूस किया। ऑरविल ने अपनी बहन से दो वर्षों तक न तो बात की और न ही उन्हें पत्र लिखा। लेकिन जब उन्हें पता चला कि उनकी बहन को निमोनिया हो गया है और वे अपनी मौत के करीब हैं तो वे अपनी बहन के पास गए। जब उनकी बहन की मृत्यु हुई तो वे उनके साथ थे।

ऑरविल का अंतिम वर्ष—उनकी मृत्यु सन् 1948 में हुई। उनकी मौत बाहर के लोगों के लिए एक रहस्य ही रही। एक ऐसा व्यक्ति, जिसने आकाश में उड़ान भरने के रहस्यों को दुनिया के समक्ष लाने हेतु अद्‌भुत हिम्मत और साहस का प्रदर्शन किया। ऐसा प्रतीत हो रहा था जैसे उन्होंने स्वयं को शीर्ष स्तर से नीचे गिराने का निश्चय कर लिया है। वे स्मिथसोनियन संस्थान के साथ लड़ी जा रही बेकार कानूनी लड़ाई के अतिरिक्त अन्य सभी बातों में बहुत ही कम रुचि लेते। यह तकरार इतनी अधिक बढ़ गई कि ऑरविल ने 1903 के राइट विमान को स्मिथसोनियन के बजाय इंग्लैंड को ब्रिटिश संग्रहालय में प्रदर्शित करने के लिए बेच दिया।

चार्ली टेलर
(1868-1956)

तीन की तिकड़ी का अंतिम छोर

चार्ली टेलर ने कभी किसी से यह नहीं कहा कि वे उसके लिए सहानुभूति प्रकट करें; लेकिन लोगों के मन में उनके लिए ऐसे विचार स्वत: ही आ जाते थे। उनका जन्म इलिनॉइस के एक फार्म पर सन् 1868 में विलबर के जन्म के एक वर्ष बाद हुआ। वे बचपन में ही इंडियाना में आकर बस गए और फिर डेटन में आ गए, जहाँ पर उनकी पत्नी का परिवार रहता था।

टेलर ने पहली बार एक इंजन का निर्माण हवा में उड़नेवाले एयरक्राफ्ट को शक्ति प्रदान करने के लिए किया और इसके बाद वे वर्षों तक राइट ब्रदर्स के वफादार बने रहे। वे सन् 1907 में उनके साथ फ्रांस गए। वे उस समय भी विलबर के साथ मौजूद थे, जब उन्होंने सन् 1909 में न्यूयॉर्क के स्टेच्यू ऑफ लिबर्टी के आसपास अपनी पहली उड़ान भरी। लेकिन चार्ली को विलबर की मौत के ठीक बाद काफी बुरा समय देखना पड़ा।

उन्होंने और उनके परिवार ने काफी वर्ष कैलिफोर्निया में बिताए, जहाँ पर उनकी पत्नी बीमार पड़ी और अंतत: अपने जीवन के अंतिम दशक को अस्पताल में बिताते हुए जीवन को समाप्त किया। टेलर ने दक्षिणी कैलिफोर्निया के क्षेत्र में काफी सारी बंजर जमीन खरीदी, जिससे उन्हें उम्मीद थी कि वह उनके लिए समृद्धि लेकर आएगी; लेकिन सन् 1929 में स्टॉक मार्केट में काफी बड़ी गिरावट और उसके बाद मंदी के दौर ने उनकी सभी अपेक्षाओं पर पानी फेर दिया। सन् 1936 के दौर तक वे पूरी तरह टूट चुके थे और काम की तलाश कर रहे थे।

उन्होंने ऑटो के आविष्कारक के तौर पर पहचाने जानेवाले हेनरी फोर्ड के लिए भी कुछ समय के लिए काम किया और उनकी पूर्व राइट साइकिल कंपनी को हटाकर उसके स्थान पर फोर्ड के नए ग्रीनफील्ड विलेज, जो कि मिशीगन के डियरबॉर्न में स्थित था, की ईंट-दर-ईंट को तैयार करने में सहायता की। जब यह काम समाप्त हो गया, टेलर

वापस कैलिफोर्निया लौट गए और द्वितीय विश्व युद्ध के समय एक एसेंबली लाइन पर काम करने लगे। बाद में उन्होंने यह दावा भी किया कि वे युवा लोगों के साथ कदम-से-कदम मिलाकर उनके जितनी ऊर्जा के साथ ही काम करते हैं। उन्हें सन् 1945 की गरमियों में हृदयाघात हुआ, जिसके कारण उन्हें काम को छोड़ना पड़ा।

टेलर का राइट्स से अंतिम बार संपर्क दिसंबर 1947 में ऑरविल द्वारा भेजे गए पत्र के माध्यम से हुआ, जिसमें लिखा हुआ था कि वे आशा करते हैं कि टेलर स्वस्थ और खुश होंगे; लेकिन वे अच्छी तरह से जानते हैं कि ऐसा नहीं है, क्योंकि उनके पास अपना गुजारा करने के लिए काम न के बराबर है।

टेलर की मृत्यु जनवरी 1956 में हुई। अपने अंतिम दिनों में वह व्यक्ति, जिसने दुनिया की पहली उड़नेवाली मोटर का निर्माण किया, अकेला और धन से पूरी तरह से वंचित था।

लेकिन नितांत अकेले व्यक्ति की जो छवि बनी हुई थी, वह सही नहीं थी। जो लोग ऑरविल को जानते थे, उनका मानना था कि अपने रिटायरमेंट के दिनों में ऑरविल बहुत ही खुश थे। इसी कारण उनको उड़ान भरने के रोमांचित करनेवाले कार्य से दूर रहने का भी कोई अफसोस नहीं था।

स्मिथसोनियन के साथ कानूनी लड़ाई का अंत 1940 के दशक में हुआ, लेकिन राइट फ्लायर सन् 1948 में ऑरविल की मृत्यु से पूर्व संयुक्त राष्ट्र में वापस नहीं आ सका। इसके बाद से विमानन के क्षेत्र को किटी हॉक के दिनों से पहचाना जाने लगा।

पहले विमान का निर्माण दो मंजिला पद्धति के आधार पर किया गया। इसका विकास सर्वप्रथम शैनूटे के द्वारा किया गया और फिर राइट ब्रदर्स के द्वारा उसमें सुधार किया गया। इन विमानों ने प्रथम विश्व युद्ध के समय भी छोटी सी भूमिका निभाई। उन्होंने इसका प्रयोग या

तो टोही इकाइयों के रूप में या सीधे तौर पर मुकाबला करने के लिए किया। (विलबर और राइट का सपना था कि विमान संभवत: युद्ध की संभावनाओं को कम कर दें, जिसमें वे सफल नहीं हो पाए।)

सन् 1920 में युद्ध के कुछ समय के बाद ही विमान और भी प्रचलित हो गए। उदाहरण के लिए, देशाटन—पूरे संयुक्त राष्ट्र यात्रा प्रदर्शन के माध्यम से कई सनसनीखेज उड़ानों का प्रदर्शन किया गया, जिसने इसे बहुत अधिक प्रचलित कर दिया। थोड़े समय में पत्रों को पहुँचाने की सेवा का शुभारंभ हुआ। लेकिन वह आयोजन, जिसने वास्तव में विमानन की शुरुआत की, जिसने इसे बहुत से लोगों का स्वप्न और तमन्ना बना दी—इसकी शुरुआत सन् 1927 में चार्ल्स 'लक्की' लिंडरबर्ग की उड़ान के साथ हुई।

उस समय उनकी उम्र केवल 25 वर्ष थी और वे थोड़े भद्दे भी थे। प्रथम विश्व युद्ध के दौरान उड़ान भरने के लिए वे काफी छोटे थे। उन्होंने आकाश में उड़ान भरने की शुरुआत सन् 1923 में की। मई 1927 में उन्होंने अटलांटिक महासागर के ऊपर अकेले उड़ान भरी। इस यात्रा के दौरान वे इस विशाल द्वीप से पेरिस की ओर बढ़े और 33 घंटे एवं 30 मिनट में अपनी यात्रा पूरी की। हजार से भी अधिक की संख्या में आए फ्रेंच लोगों ने उनका फूलों, गानों और उत्साहित मन के साथ स्वागत किया। हालाँकि उनका शेष जीवन सफलताओं के साथ-साथ कठिनाइयों और विवादों से भरा रहा। लिंडरबर्ग कभी न समाप्त होनेवाला ऐसा अकेला बाज था, जो इस उड़ान को पूरा करनेवाला पहला व्यक्ति बना। कोई भी व्यक्ति यह सवाल पूछ सकता था कि क्या विलबर या ऑरविल में से कोई ऐसा कर सकता था?

निस्संदेह ही, सभी जानते थे कि वे दोनों कितने बहादुर और निडर थे, लेकिन यदि 45 वर्ष की अल्पायु में ही विलबर की आकस्मिक मौत नहीं हुई होती तो परिस्थितियाँ इतनी विपरीत होतीं कि वे इस प्रकार की

उड़ान के लक्ष्य को पूरा नहीं कर पाते। जैसा कि वे प्रायः कहा करते थे कि आकाश में उड़ान भरना युवा व्यक्ति का खेल है और यह जानते हुए भी कि उनके और उनके भाई के प्रयासों से ही आकाश में उड़ान भरने का स्वप्न सत्य बना है, अब वे केवल विमान चालक के बगल में बैठने का ही कार्य करने में सक्षम हैं। सन् 1948 में ऑरविल की मृत्यु के समय तक आकाश विमानों की उड़ान से गहन होता गया। ('एरोप्लेन' शब्द ने सन् 1907 में अंग्रेजी भाषा में प्रवेश किया।) हालाँकि उस समय के विमान चालकों ने यह भाँप लिया था कि आनेवाले समय में लाखों लोग व्यावसायिक तौर पर उड़ान भरा करेंगे और यह हवाई यात्रा शीघ्र ही रेल-यात्रा से भी अधिक श्रेष्ठता प्राप्त कर लेगी।

यह सबकुछ केवल राइट ब्रदर्स के आविष्कार के दम पर संभव नहीं हुआ, बल्कि इसकी पूरी संभावना थी कि जो कुछ भी राइट ब्रदर्स ने किया, उसको चरम सीमा तक अन्यों ने पहुँचाया। शायद यह एक ऐसा सौदा रहा, जिसकी शुरुआत जिनसे हुई उनके आगे खड़े लोगों ने इसे अपने परिणाम तक पहुँचाया। लोगों को केवल सन् 1901 की शरद् ऋतु में किटी हॉक से वापसी करते हुए विलबर के उन निराशा भरे वाक्य याद रहे कि 'मानव उड़ान भरना सीख लेगा, लेकिन उसके ऐसा करने के लिए और सौ वर्षों का समय लगेगा।'

□

कालक्रम

सन् 1859	मिल्टन राइट का सेसैन कोरेनेर से विवाह।
सन् 1861	रूक्लिन राइट का जन्म।
सन् 1862	लॉरिन राइट का जन्म।
सन् 1867	विलबर राइट का जन्म।
सन् 1868	इलिनॉइस में चार्ली टेलर का जन्म।
सन् 1871	ऑरविल राइट का जन्म।
सन् 1874	कैथरिन राइट का जन्म।
सन् 1889	सेसैन कोरेनेर राइट की मृत्यु।
सन् 1892	विलबर और ऑरविल ने डेटन में राइट साइकिल कंपनी को आरंभ किया।
सन् 1896	जर्मन ग्लाइडर ओटो लिलिएनथॉल की गिरने के कारण मौत।
सन् 1899	विलबर ने स्मिथसनियन इंस्टीट्यूशन के साथ पत्र-व्यवहार आरंभ किया और उड़ान से संबंधित समस्याओं पर काम करना आरंभ किया।
सन् 1900	विलबर ने ओक्टाव शैनूटे के साथ पत्र-व्यवहार किया और बाद में ऑरविल के साथ किटी हॉक गए।

सन् 1901 — ऑरविल और विलबर किल डेविल हिल, किटी हॉक, नॉर्थ कोरोलिना के पास अपने दूसरे ग्लाइडर का परीक्षण करने के लिए गए। शैनूटे तथा अन्य लोगों ने उस कैंप की यात्रा की। बाद में विलबर ने शिकागो सोसाइटी ऑफ इंजीनियर्स में अपना वक्तव्य दिया। यहाँ पर भाइयों ने हवाई सुरंग के साथ प्रयोग किए। सन् 1902 में राइट ने एक नई गणितीय तालिका का निर्माण किया और नए संशोधित ग्लाइडर का भी निर्माण किया। अपने इस कार्य में उन्हें अक्तूबर माह में सफलता मिली।

सन् 1903 — शैनूटे ने फ्रेंच इंजीनियर्स से बात की। चार्ली टेलर ने इंजन का निर्माण किया और राइट किटी हॉक/किल डेविल हिल लौट गए; लैंगली पोटोमैक नदी पर असफल हो गए। 17 दिसंबर को मिली बड़ी सफलता के बाद राइट ब्रदर्स ने अपने उस वर्ष को अलविदा किया।

सन् 1904 — राइट ब्रदर्स ने हफमैन प्रैरी में अपने नए ग्लाइडर का परीक्षण किया। अमोस आई रूट भी उस उड़ान के साक्षी बने। विलबर आकाश में एक पूरा चक्र करने के अपने प्रयास में सफल हुए। सेंट लुइस ने शतवर्षीय उड़ान भरी।

सन् 1905 — राइट ब्रदर्स ने संयुक्त राष्ट्र, ब्रिटिश और फ्रेंच सरकारों को पत्र लिखे।

सन् 1906 — लैंगली की मृत्यु हुई। राइट ब्रदर्स ने ग्रेट ब्रिटेन, फ्रांस और जर्मनी के साथ बातचीत करना आरंभ किया।

सन् 1907	विलबर फ्रांस गए। अलेक्जेंडर ग्राहम बेल और अन्य लोगों ने मिलकर एरियल एक्सपेरीमेंट ऐसोसिएशन का निर्माण किया।
सन् 1908	विलबर ने ले मैंस ऐड पो, फ्रांस में उड़ान भरी; ऑरविल घायल हुए और फोर्ट मेयर, वर्जीनिया में लेफ्टिनेंट सेल्फ्रिज की हत्या।
सन् 1909	न्यूयॉर्क शहर में हुडसन-फुलटन प्रदर्शनी; विलबर ने स्टेच्यू ऑफ लिबर्टी के ऊपर उड़ान भरी और इसके पश्चात् मैनहटन द्वीप के आसपास उड़ान भरी।
सन् 1910	राइट ब्रदर्स ने शैनूटे के साथ विच्छेद किया। राइट ब्रदर्स और ग्लैन कुरचिस के बीच कानूनी लड़ाई की शुरुआत।
सन् 1912	विलबर राइट की मृत्यु।
सन् 1914	राइट परिवार ने हॉथ्रॉन हिल मैशन का रुख किया।
सन् 1917	पादरी मिल्टन की मृत्यु।
सन् 1926	कैथरिन राइट का विवाह।
सन् 1927	चार्ल्स लिंडबर्ग ने उड़ान भरकर न्यूयॉर्क से पेरिस तक सफर किया।
सन् 1929	कैथरिन राइट की मृत्यु।
सन् 1948	ऑरविल राइट की मृत्यु।
सन् 1956	चार्ली टेलर की मृत्यु।

□

समय रेखा

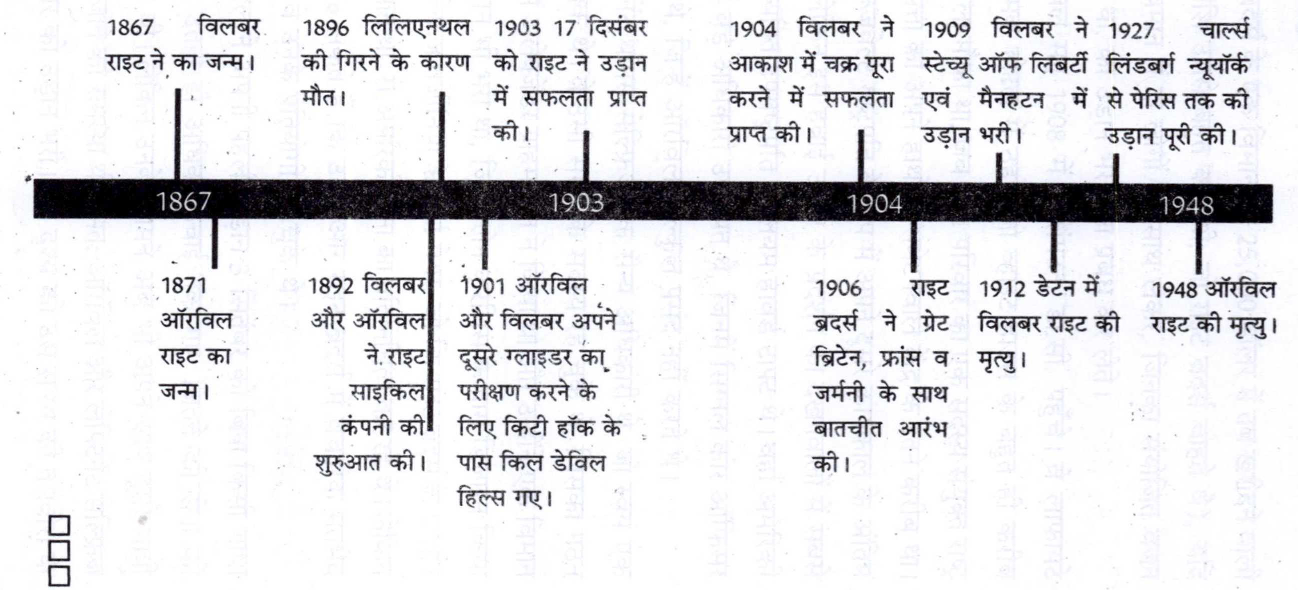
1867 विलबर राइट ने का जन्म।
1871 ऑरविल राइट का जन्म।
1892 विलबर और ऑरविल ने राइट साइकिल कंपनी की शुरुआत की।
1896 लिलिएनथल की गिरने के कारण मौत।
1901 ऑरविल और विलबर अपने दूसरे ग्लाइडर का परीक्षण करने के लिए किटी हॉक के पास किल डेविल हिल्स गए।
1903 17 दिसंबर को राइट ने उड़ान में सफलता प्राप्त की।
1904 विलबर ने आकाश में चक्र पूरा करने में सफलता प्राप्त की।
1906 राइट ब्रदर्स ने ग्रेट ब्रिटेन, फ्रांस व जर्मनी के साथ बातचीत आरंभ की।
1909 विलबर ने स्टेच्यू ऑफ लिबर्टी एवं मैनहटन में उड़ान भरी।
1912 डेटन में विलबर राइट की मृत्यु।
1927 चार्ल्स लिंडबर्ग न्यूयॉर्क से पेरिस तक की उड़ान पूरी की।
1948 ऑरविल राइट की मृत्यु।
1867
1903
1904
1948

□□□

द्वारा कई प्रकार से प्रदर्शित किए जा रहे थे और वे [illegible] उड़ान भरने की तैयारी की। सेल्फ्रिज [illegible] थे। हालांकि बाद में 6 सितंबर को अपने भाई विल्बर को लिखे पत्र में ऑरविल ने [illegible] किए— 'मुझे बहुत ही खुशी होगी, यदि सेल्फ्रिज को इससे दूर कर दिया जाए। मुझे उस पर बिल्कुल भी भरोसा नहीं है। उनकी वैमानिकी [illegible] में काफी गहन रुचि है और [illegible] मेरी उनसे डिनर इत्यादि में [illegible] मुलाकातें हुई हैं, जहाँ उन्होंने मेरी [illegible] करने की कोशिश की। वे काफी शिक्षित और स्पष्ट विचारोंवाले व्यक्ति हैं। मैं समझता हूँ कि वे मेरी पीठ पीछे वार करने की अच्छी साजिश रच सकते हैं।'[67]

17 सितंबर, 1907 को ऑरविल राइट और लेफ्टिनेंट थॉमस सेल्फ्रिज, जो आधिकारिक अवलोकनकर्ता के तौर पर कार्य कर रहे थे, ने राइट्स के एक विमान में वर्जीनिया के फोर्ट मेयर से उड़ान भरी। दुर्भाग्यवश, क्षतिग्रस्त नोदक के कारण विमान के दुर्घटनाग्रस्त होने से सेल्फ्रिज की मौके पर ही मौत हो गई।